함부로 사랑에 속아주는 버릇

아픈 것은 더 아프게,
슬픈 것은 더 슬프게

함부로 사랑에 속아주는 버릇

류근
산문집

어떤 슬픔에 대해서 천천히 이야기해보기로 하겠다.

함부로 사랑에 속아주는 버릇,

그리고 함부로 인생에 져주는 즐거움.

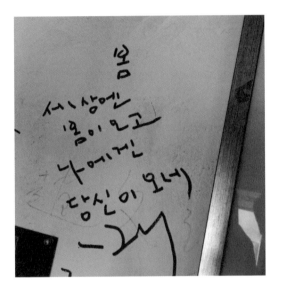

당신과 손을 잡고 함께 울어도, 백 명이 모여 함께 울어
도, 천 명이 다 함께 모여 우우 울어도, 언제나 우는 것은 나
혼자 우는 것이었다. 그러니 괜찮다. 오늘은 아픈 내가 혼자
울면 된다. 비가 와서 당신 떠난 자리 지우기 전에, 나 혼자
나 혼자서 내 울음을 다 울면 된다. 나 혼자 울면 된다.

차례

1장

그대가 오지 않는 나날이 이토록 깊다

희망을 기다리는 그대에게

예배당에 가고 싶다

내가 가장 좋아하는 예배당. 목사도 없고, 헌금도 없고, 전도도 없고, 그냥 기도만 있는 곳. 평화와 안식이 풍금처럼 깃든 곳. 나는 기독교 신자가 아닌데도 예수의 고독을 믿는 사람이므로 가끔은 그 열린 문으로 들어가 혼자 고요히 생각에 잠기곤 하였다. 그러면 나는 곧 그 첨탑 뒤로 십자가보다 맑게 흐르는 구름들에 대하여 다정하게 예배할 수 있었다. 구름들아, 안녕. 나도 지금 너희처럼 흘러가고 있는 중이란다. 우리 어느 하늘 아래서든 아주 사소한 눈빛으로 또 만나자.

그 예배당에 가고 싶다. 기도가 필요한 시절이다. 세상의 모든 그대들을 위한 기도.

새벽에 있었던 일

새벽에 달 보러 동네에서 젤 높은 데 올라갔다 왔다. 달을 보자 뭔가를 빌어야 할 것 같아서 진심으로 빌었다. 달님, 잘못했어요. 그러자 어쩐지 진심으로 용서받는 느낌이 눈시울을 어루만지는 것이었다.

따져 물었다

새벽녘 꿈에 어머니가 오셨다. 생시처럼 생생한 모습이었다. 나는 어머니 살아계실 때처럼 또 푼수가 되어서 주섬주섬 내 고민과 근심들을 이야기하며 극강의 엄살을 부리었다. 어머니는 역시 어머니답게 내 고민과 근심들을 다 들어준 뒤 순 경상도 문경식 억양으로 담담하게 말씀하셨다. 야야~ 걱정할 게 뭐가 있나. 그냥 착하고 진실하게 살면 되지…….

나는 꿈에서 어머니에게 따져 물었던 것 같다. 엄마~ 제발 한심한 얘기 좀 하지 마세요. 그렇게 살아서 해결될 것 같으면 뭐가 걱정이겠어요? (시바.)

잠에서 깨고 나니 이부자리와 베개가 땀으로 흥건히 젖어있다. 정말 착하고 진실하게 살면 걱정 없는 세상에서 살 수 있을까……. 좀 그런 꿈 같은 세상에서 살아봤으면 좋겠다.

어떤 계절의 꽃나무처럼

어머니는 이를테면, 모든 실패한 자들의, 패배한 자들의 친구 같은 분이었다. 존재만으로도 위안이 되는 긍정의 에너지가 늘 그만큼의 깊이로 담겨있었다. 높은 사람, 낮은 사람, 잘난 사람, 못난 사람의 경계 따위가 있지 않았다. 처음부터 그런 경계를 모르는 사람 같았다. 누구든 세상에 온 바에야 다 천지신명의 뜻을 입은 목숨들이라고 믿으셨다. 늘 가난했지만, 늘 고요하고 온화했다. 고통 때문에 슬퍼하지 않았고, 세상에 대한 분노 같은 것에 영혼을 좀먹히지도 않았다. 어머니는 그냥 잠시 어떤 계절에 피었다 간 꽃나무처럼 '스스로 그러'했을 뿐이었다.

어머니 기일이다. 삼각산 꼭대기 암자에 어머니 만나러 간다. 어머니는 또 순 문경식 사투리로 말씀하실 것이다. 야야, 이 추운데 여기까지 왔나. 미끄러운 길을 우에 올라왔나. 세상의 미끄러운 길을 우에 지나왔나.

인간적인 절망감

김 : 형, 자기 필요할 때만 아는 척하는 사람들 참 얄밉지 않아요?

나 : 그게 왜? 필요도 없는데 아는 척하는 사람들보다 훨씬 덜 피곤해서 좋기만 한데. 인간적이잖아?

김 : 전화 끊어요. 시바!

끊거나 말거나, 약 먹느라 정작 이틀씩이나 라면을 끊었더니 정신이 막 혼미해지면서 사는 게 뭐 순 이 따윈가 싶은 허무감이 몰려온다. 앞으로도 최소 이틀간 라면을 못 먹는다 생각하니까 확 그만 살아버릴까 싶은 절망감마저 덤벼든다. 이래서 애인은 끊어도 라면을 끊을 순 없는 건데……. 아아, 시바!

생산적인 글쓰기

평소 시 습작 열심히 하시는 페친(페이스북 친구)께서 "제 부모님은 제가 글 쓰는 걸 싫어하세요. 생산적이지 않다고……"라고 댓글을 남기셨길래 시 쓰는 것 자체가 이미 생산인데 싶어 뭔가 한마디 위로의 마음을 전하려고 댓글을 다는데 자꾸만,

시 쓰는 것 자체가 이미 생쇼인데……. 기운 내세요.

하고 손가락이 알아서 오타를 내는 것이었다. 생산과 생쇼는 참 가까운 데 사는구나. 나는 얼마나 생쇼로 시를 쓰길래 생산이 이토록 간단하게 생쇼로 몸을 바꾸나.

개미들아 미안하다

어제는 술에 취해서 대학로 마리안느에 가서 울었는데, '애인이 화장실에 간 사이에' 나는 형광 냅킨 위에 이런 낙서를 한 것이었다.

나는 높은 데 가서 노래 부르면 하느님이 우주의 일을 다 관두고 내게로 와서 또 울까 봐 낮은 데로, 낮은 데로 가서만 노래 부를 수밖에 없다는 것을 개미들이 좀 양해해줬으면 좋겠다. 오늘 술 처먹고 바닥에 자빠져 시끄럽게 굴어서 조낸 미안하다.

시바,

일요일의 서촌 투어

인형 눈깔 72억 개 달아서 번 돈으로 애인이 맛있는 걸 사주겠다고 해서 앵벌이다운 걸음새로 달음박질쳐 나갔다. 나는 이왕이면 요즘 잘나가는 동네에서 좀 얻어먹고 싶었으므로 일요일 오후의 서촌으로 가자고 했다. 애인은, 내가 인형 눈깔을 72억 개나 달아서 번 돈이 질식 상태인데 그토록 만만한 동네에서 뭔가를 먹는다는 건 혹 나의 노동에 대한 모독이 아닐까? 라며 진심으로 회의하였다. 나는 그러나, 요즘은 서촌이 대세니까 트렌드에 민감한 사람들답게 그 동네에서 장렬하게 소비하자! 고 주장하였다. 애인은 진정 트렌드에 민감한 사람이었으므로 곧 나의 주장에 동의해주었다.

초계탕집으로 갔다. 입구에서 주차 요원 아저씨가 무조건 동네를 한 바퀴 더 돌다가 오라고 '지시'하셨다. 주차장에 자리가 없다는 것이었다. 자리가 날 때까지 27만 바퀴를 돌았으나 자리가 나지 않아 결국 유료 주차장으로 갔다. 그러나 거기서도, 오늘은 OOO집 전용이니까 다른 데로 가시오! 라고 '지시'하셨다. 그래서 우리는 다시 북쪽으로 2만 리 전방에 있는 유료 주차장으로 가서 차를 세웠다. 그나마 빈자리가 있으니 참 다행이군…… 뭐 이렇게 감읍하면서.

초계탕집은 2층이었는데, 계단에 사람들이 빼곡하게 줄을 잇고 있었다. 대공황 때 배급소 앞 풍경이었다. 나는 군대 제대할 때, 다시는 줄을 서서 밥 먹지 않겠다, 고 결심한 바 있으므로 단칼에 그 집을 버리었다. 췌! 뭐 이 집 아니면 먹을 데가 없을까 봐? 그러곤 천천히 걸어서 다른 집을 물색하였다. 과연 가까운 곳에 '민어탕 개시'라고 써 붙인 집이 보였다. 나는, 여름엔 민어탕이 최고 보양식이라는데 우리 저거 먹을까? 라고 물었다. 그러자 애인은 혹 내가 그걸 먹으면 회춘이라도 할까 싶었는지 흔쾌하고도 흔쾌하게 동의를 하였다. 어맛~ 나도 민어탕 먹고 싶었는데…… 뭐 이래 가면서.

그래서 우린 민어탕집 에어컨 그늘 아래로 가서 앉았다. 아저씨가 메뉴판을 가져다주었다. 우린 뭐 어차피 민어탕인데 이런 거 안 봐도 어? 엇? 억! 민어탕이 한 그릇에 4만 원이었다. 둘이 먹으면 8만 원⋯⋯. 인형 눈깔 72억 개를 단 애인이 내 눈깔을 다시 잘 달아주며, 그래도 이게 몸에 좋으니까 비싼 거 아닐까? 뭐 이러면서 식은땀을 주르륵 흘렸다. 나는 참지 못하고 벌떡 일어나며 외쳤다. 아저씨, 돈 벌어서 다시 올게요!

스위스 베른식 레스토랑으로 갔다. 아까 차를 세워둔 주차장 안집이었다. 예약을 하고 오지 않았다고 입구에서부터 조낸 검열이 삼엄했다. 결국 큰 선심 쓰듯 자리 하나를 내주어서 간신히, 처음 고아원에 간 남매처럼 가서 앉았다. 다시 메뉴판. 처음 보는 제목의 음식들이 부가세 별도의 품격으로 뽐을 내고 있었다. 애인이 다시 식은땀을 흘렸다. 우린 다시 벌떡, 일어나 무더위 푹푹 정다운 문밖으로 밀려 나왔다.

잠시 후 내가 말했다. 이 집 면발 참 괜찮지? 나는 애인이 인형 눈깔 72억 개 달아서 사준 삼선짬뽕을 먹으며, 선풍기 윙윙 돌아가는 서촌의 2층 중국집에서 땀을 18배럴 흘리며 일요일이 다 가는 소리를 들었다. 애인은 씩씩하게 대답했다. 내가 인형 눈깔 200억 개 달아서 반드시 민어탕 사주께. 후식으로 우리 스위스 베른식 스테이크 먹자.

응, 그러자. 일요일 서촌 투어 끝. 시바,

아무리 생각해도

금요일 저녁에 갈 데 없고 만날 이 없는 사람이 진짜 외로운 사람이다. 아무리 생각해도 도무지 갈 데 없고 만날 이 없는 사람은 조낸 진짜 외로운 사람이다. 아무리 생각해도 도무지 갈 데 없고 전화조차 걸 이 생각나지 않는 사람은 조낸 조낸 진짜 외로운 사람이다. 내가 그렇다. 시바,

용케도 안 죽었다

　외로워서 죽을 거 같다라고 위독한 느낌을 느낀 적이 일 이백 번이 아니지만 하아~ 나는 용케도 한 번도 안 죽었다. 오늘도 절대로 죽지 않겠다고 결심하는 나의 외로움에게 갈 채를……. 그리고 나는 나의 술잔 앞으로 나아갈 것이다. 아 아, 시바!

시래기국 앞에서

겨울이 왔으니 시래기국 앞에서 생각하는 것이다.

　사람이 죽어간다는 것은, 삶에 대한 희망과 감사를 잃는다는 것이고, 인간과 신성에 대한 뜨거움과 설레임을 잃는다는 것이다. 그러니 나는 살리라. 죽어도 죽어도 살아가리라.

　라고 모처럼 조낸 진지한 척하는 사이에 시래기국이 식었네. 일단 밥부터 먹고 보자. 먹어야 살지. 시바,

다시 시래기국 앞에서

시래기국에 밥 말아 먹었다. 새해 들어 처음 먹는 시래기국 되시겠다. 시래기는 '詩來祈'니까 '시가 오길 기도하는' 마음으로 먹는 음식이다. 또한 시래기는 '時來期'이기도 하므로 뭔가 '그때가 오는 시기'에 먹는 음식이다. 시래기 함부로 무시하지 말라는 뜻이다.

그런데 막상 이렇게 잘난 척하면서 시래기에 대해 뻥을 치고 나니까 조낸 부끄러워진다. 날마다 시가 오기만을 기도하면 뭐하나. 날마다 그때가 오기만을 기대하면 뭐하나. 정작으론 바닥에 따개비처럼 붙어서 오불관언인 것을.

그래도 뭐 어쩌겠는가. 시래기라도 먹으면서 시를 그리워하고, 그때에 대한 희망이라도 곧추세워야지. 없는 놈에겐 시래기가 부적이다. 시래기국 열심히 먹으면 적어도 시러베 잡놈만큼은 되지 않겠지. 그래도 빨랫줄에 매달린 시래기 보니까 없던 힘이 불끈 치솟는다. 시바! 시바! 조낸 시바!

자존심과 자존감

내가 보기에 세상의 많은 사람들이 자기가 잘할 수 없는 일에 시간과 노력을 들이며 사는 것 같다. 자기가 진정으로 잘할 수 없는 일에 매달려 전전긍긍하다 보니 남들을 의식하게 되고, 결국 남들과 경쟁하게 되고, 그 승부에 집착하게 된다. 나 또한 지금까지 생애의 많은 시간을 내가 잘할 수 없는 일에 붙들려 살아왔다. 나는 그런 것이야말로 '탕진과 소모'가 아니겠나 생각한다.

내가 진정으로 잘할 수 있는 일을 하는 사람은 어떨까. 생애의 많은 시간을 자기가 진정으로 잘할 수 있는 일에 바치는 사람의 삶은 어떤 것일까. 남들 눈치 볼 것 없으니 경쟁할 것도 없고, 승부 따위에 집착할 것도 없고, 오로지 자기만의 성취와 완성에 관심이 있는 삶이 아닐까. 그런 사람들에게 오히려 타인에 대한 배려와 존중이 생겨나는 것은 아닐까. '자유로운 영혼'이 가능해지는 것이 아닐까.

자존심과 자존감의 차이. 타인에게 삶의 높이를 재면 자존심이 되고, 자기 가치에 삶의 높이를 맞추면 자존감이 된다. 지금부터라도 진정으로 내가 잘할 수 있는 일에 보다 많은 시간과 관심을 기울일 일이다. 나는 역시 맨정신으로 삶을 견디는 일보다 낮술에 취해 이승을 소요하는 일에 더 천부적 재능을 가졌다.

친절한 예술가

나는 타인에게 불친절한 예술가를 믿지 않는다. 예술가는 늘 자기 자신에게 불친절하고 화를 내는 사람인데, 그것이 범람해서 타인에게 들키는 순간 그는 그저 흔해빠진 저자의 장삼이사에 지나지 않게 된다. 자신을 향한 불친절과 분노가 타인을 지향할 수 있다는 것은 결국 그가 지금 현재 자기 자신을 통제할 수 없다는 것을 증명하는 것이고, 더 이상 영혼의 균형을 유지할 수 없다는 것을 자백하고 있는 것이다. 통제와 균형에서 일탈한 자를 누가 예술가라 부를 수 있을 것인가.

그래서 나는 오늘도 그대에게 친절하고 싶어서 밤새 14만 4천 통의 연서를 썼다. 누구라도 그대가 되어 받아주시라. 낙엽이 흩어진 날, 헤매인 여자가 아름다운 것이다. 아아, 시바.

광야에서 부엌으로

점점 손에 물 묻히는 일이 마음 편해진다. 나이를 먹는다는 거겠지. 광야에서 부엌으로, 소비에서 설거지로……

나이를 먹는다는 것은 일단 부드러워진 다음에 향기를 입히는 일일 테니까. 커피 잔 세 개 행구는 사이에 잔 받침 한 개쯤 깨먹을 수도 있는 거니까. 아이고~

연꽃 밀랍초에 깃든 마음

들비는 참 속 깊고 다정한 놈인데 가끔은 뭔가를 다 안다는 눈빛으로 나를 물끄러미 바라보는 때가 있어서 나를 주눅 들게 한다. 나는 공연히 미안해져서 들비와 산책을 해주는 것으로 대충 나의 부실을 면해보려 하지만, 들비는 오히려 나를 위해 (참 성가시지만) 산책을 따라가준다는 표정이 역력하다. 들비는 좋은 사람이 오면 반갑다는 표시로 두어 번 멍멍 짖을 뿐 어떠한 경우에도 짖거나 공격성을 드러내는 법이 없다. 어쩌면 저렇게 속이 없을까 싶을 만큼 아무에게나 호의적이다.

들비는 또한 크게 관심을 가지는 것도 많지 않아서 무심하고 고요한 상태로 있는 듯 없는 듯 제 공간을 드리우고 있을 뿐인데, 때로는 나보다 세상을 백 배쯤 더 산 현자의 표정이 떠오를 때가 있다. 나는 그에게 밥을 주고 물을 주고 간식을 주는 사람이지만, 들비는 내게 따스한 눈길을 주

고 마음을 주고 위안을 준다. 누가 봐도 확연히 내가 남는 장사다.

소유에 대해 별 관심이 없어 보이는 들비가 전에 없이 관심을 가지는 물건이 생겼다. 소설가 신혜진 님이 세월호 유족들 후원을 위해 손수 만들어 파는 밀랍초 몇 개를 사서 책장에 올려두었더니 들비가 툭하면 그 아래 매달려서 아주 간절한 표정으로 밀랍초를 바라보는 게 아닌가. 하도 이상해서 저 연꽃 밀랍초를 내려주니까 앞에 놓아두고 혀로 핥기까지 하면서 뭔가 깊어진 표정으로 그걸 오래오래 바라본다. 저 속 깊고 다정한 놈이 연꽃 밀랍초에 깃든 마음을 느낀 것일까. 자식 잃고 추석을 지나는 마음들을 느낀 것일까. 들비도 느끼는 마음을 사람이 짓밟는 세상 살아내기 참 괴롭고 부끄럽다. 시바,

젖은 얼굴에 살얼음이 얼어서

내가 한없는 고통과 슬픔과 불행 때문에 울고 있을 때 이 세상 어딘가에 나를 위해 진심으로 애통해하며 기도해주는 사람들이 있다는 거. 그들의 순정과 진정이 결국 나를 살게 했다는 거.

나는 지금까지 그러한 힘에 의지해서 아주 사망하지 않고 여기까지 몹시도 비틀비틀 잘 흘러왔다. 오늘은 문득 그런 마음들이 고마워서 흑흑 울었다. 울다 보니까 젖은 얼굴에 서걱서걱 살얼음이 얼어서 더 울었다. 울다가 얼굴에 동상 걸릴까 봐 더 흑흑흑 울었다. 이거 뭐, 아우~ 시바,

낮은 자리

물은 낮은 데로 낮은 데로 흘러서 결국 바다에 가 닿는다. 지구의 가장 낮은 곳에 바다가 있다는 뜻이다. 그러나 가장 낮은 곳에 있다는 바다는, 지구에서 가장 깊은 곳이고 지구에서 가장 넓은 곳이고 지구에서 가장 힘이 센 곳이다.

세상의 가장 낮은 자리에 누가 사는가. 힘없고 병들고 가난한 사람들이 사는가. 사람의 가장 낮은 자리엔 무엇이 사는가. 서럽고 외롭고 그리운 마음들이 사는가.

슬퍼 말자. 언제나 가장 깊고, 가장 넓고, 가장 힘센 것들은 모두 다 낮은 자리에 산다. 그 위대한 힘들이 다 나의 이웃이고 동무다. 이보다 더 큰 빽이 어디 있으랴! 아아, 시바! 조낸 조낸 시바!

겨울이 좋은 것은

겨울이 좋은 것은 오로지 낮술을 먹고도 덜 쪽팔릴 수 있는 계절이라는 것뿐이다. 밖으로 나서면 취한 자나 추운 자나 다 얼굴이 붉어서 서로의 처지를 굳이 흘겨보지 않아도 되는 계절이니까. 겨울 낮술의 미학을 기꺼워하여 내 비록 삼백예순 날을 하냥 그리며 살았다지만, 그러나 겨울은 나에게 여전히 예감만으로도 공포스럽고 막막한 계절. 귀를 막고 어디로든 도망치고 싶은 계절.

연탄과 쌀은 왜 겨울에만 떨어졌을까. 전기는 왜 겨울에만 끊기고, 단수 통지서는 왜 겨울에만 나붙었을까. 빚쟁이들은 왜 겨울에만 달려오고, 방세는 왜 겨울에만 밀렸을까. 어머니는 왜 겨울에만 그토록 몸이 아팠을까. 우리에겐 도대체 무슨 희망이 있었을까. 무슨 기다림이 있었을까. 떨며 자고 나면 행여 내일이란 게 오기나 할까.

고등학교 1학년 겨울에 내 외투를 처음 가져봤다. 작은형이 학교 가리방 긁는 알바 뛰어서 사준 누비솜 돕바. 그걸 입고서 나는 3년의 겨울을 다 지났다. 지금 나는 3천 벌의 외투를 가지고 있지만, 그 첫 외투의 간절과 눈물겨움과 위안을 잊지 못한다. 내게 가난을 코스프레해서 가난을 조롱한다고 욕질하시는 분들, 그들의 중국산 배터리 같은 정의감을 나는 언제까지나 존경할 테지만, 그러나 미안하게도 가난은 코스프레가 가능한 장르가 아니다. 조롱할 수 있는 세계가 아니다. 내게 겨울과 이음동의어로 이해되는 가난은 입양 가서도 씻지 못하는 피의 기억 같은 것이고, 죽음 직전의 슬픔 같은 것이다. 첫사랑이 죽고 난 다음 날의 고통 같은 것이다.

겨울이 좋은 것은 함부로 감성팔이를 하고도 덜 쪽팔릴 수 있는 계절이라는 것이다. 밖으로 나서면 쎈 놈이나 약한 놈이나 다 뭔가에 겁먹은 폼으로 꽁꽁 싸매고 댕기는 계절이니까. 술집으로 향하는 뒷모습들이 다 조금씩은 가난하고 쓸쓸해 보여도 괜찮은 계절이니까. 그지 같은 인생이 빛바랜 풍경들 사이에서 뭐 그런대로 조금씩은 가려지기도 하는 계절이니까. 시바,

겨울이 곤란한 것은

겨울이 곤란한 것은 소리가 들린다는 것이다. 저 쨍한 고요의 소리. 적막과 막막의 소리. 존재하는 것마다 스스로를 움켜쥐는 독립의 소리. 별들이 거기 있는 소리. 죽은 잎사귀에 바람이 눕는 소리. 가만히 견디는 소리. 내가 나에게 고독을 들키는 소리. 당신이 행여 이 별에 닿았다 가는 소리. 어머니가 마침내 울음을 앓아내는 소리. 나와 내 동생이 고아원 담벼락에 기대는 소리. 크리스마스에 아무도 오지 않는 소리. 어쩌면 먼 나라로 팔려가는 소리. 저 산과 개울과 잠든 개구리가 그대로 있는 소리. 내가 나에게만 멈추는 소리. 내가 나에게만 말 거는 소리.

증오와 경멸

사람들은 흔히 돈이 많은 사람들을 증오한다. 그러면서 한편으론 돈이 없는 사람들을 경멸한다. 어느 쪽이 나은 건지 잘 모르겠지만 확실한 것은, 증오는 속으로 하면서 경멸은 드러내놓고 한다는 것이다.

비겁하긴 시바,

진짜 공포

사람이 세상에 와서 앓는 모든 공포는

자신이 이 세상에서 별로 중요한 존재가 아니라는 사실
을 깨닫는 순간 완벽하게 극복되고 치유된다.

그런데 진정 공포스러운 것은

대부분의 사람들이 죽는 날까지 그것을 깨닫지 못한 채
살다가 죽는다는 것이다.

3년 전 오늘 나는 이렇게 썼다.

그리고 오늘까지 3년이 더 지나는 동안 나는 별로 중요한
존재가 아닌 사람들이 스스로를 아주 중요한 존재라고 믿은
결과가 세상에 얼마나 많은 공포를 몰고 오는지를 아주 경
이로운 눈으로 지켜봐왔다.

스스로를 천사라 믿는 악마만큼 공포스러운 존재가 또

있을까. 수치와 염치를 모르는 자들의 통치가 세상을 이토록 병들게 만들었다. 이 공포의 아수라장을 만든 죄, 사람의 양심으로 종말까지 보복하고 싶다.

무조건 주는 약

마스크와 모자와 안경으로 무장한 의사 앞에서 나는 아, 하고 입을 벌려 나의 내부를 고백하였다. 의사는 아이스케키 나무손잡이 같은 도구로 내 혀를 눌러서 나의 내부를 좀 더 확장시켰다. 나는 조금 불안해진 상태로 좀 더 입을 벌렸고, 의사는 소리를 내어보라고 지시하였다. 아아아아아아~ 그러자 나는 왠지 슬픔 같은 걸 느꼈는데 다행히도 그 상태는 오래가지 않았다.

의사는 이번엔 무슨 전구가 달린 볼펜 같은 도구로 내 콧구멍을 들여다보았다. 나는 속으로, 내 코뼈는 조금 휘어서 이 의사가 내부를 들여다보기에 다소 불편할 수도 있겠군, 이라고 생각했다. 내 코뼈는 그 옛날 충청북도 소년체전 복싱 예선전에서 조낸 맞아서 한 번, 마장동 중국집에서 옛날 애인이 던진 엽차 잔에 맞아서 한 번, 소설가 이외수 선생이 조낸 술에 취해서 냅다 휘두른 주먹에 맞아서 한 번…… 이

렇게 도합 세 차례에 걸쳐서 좌우로 휘어진 연혁을 가지고 있다. 시바,

휘어진 코뼈 속을 바라보는 의사에게 미안해지려는 순간 다행히도 그 무슨 전구가 달린 볼펜 같은 도구는 내 콧구멍을 떠났다. 아마 시골서 생물 선생질 하는 내 친구 김동룡이가 내 목구멍과 콧구멍 속을 들여다봤다면 그건 '관찰'이라고 불러야 옳을 것이다. 그러나 의사가 바라보는 순간 그 행위는 '진찰'이 된다. 관찰과 진찰 사이, 목구멍과 콧구멍 사이, 의사와 환자 사이, 도구와 육체 사이, 고통과 적멸 사이, 들숨과 날숨 사이, 전생과 내생 사이…… 사이는 유기농 펑크 싱어송 라이터 천재 카수인데 아, 문학과지성사에도 '사이'라는 뭔가 있지. 〈강남스타일〉 부른 카수 싸이는 요즘 뭐 하고 사나…….

뭐 이러는 사이에 진찰은 끝났고 의사는 근엄한 목소리로 내게 말했다. 목구멍과 콧구멍을 오가며 내 내부를 들여다본 지 딱 9초 후였다. 편도선도 안 보이고 지금 봐선 목이 건조해서 그런 거 같으니까 목이 건조하지 않도록 주의하세요. 넹? 목이 건조해서 이렇게 침을 삼킬 수 없을 만큼, 목에 칼이 꽂힌 것만큼 아플 수도 있단 말인가요? 더구나 저는

늘 술을 마셔서 목이 건조할 겨를이 없는데요? 그러나 의사는 단호했고 나는 조낸 억울한 나이롱환자가 되어서 진찰실 문을 나서야 했다. 그래도 의사는 본분을 잊지 않고 처방을 해주었는데 사흘분의 항생제, 소염진통제, 목감기 알약…….
이비인후과에 오면 무조건 주는 약이었다. 결국 세월이 약이라는 뜻이었다. 거봐, 내가 이래서 병원 안 간다고 했잖아! 시바,

어른 꼰대

우리 어머니가 생전에 이런 말씀을 하셨다.

애야, 사람이 나이를 먹을수록 칭찬과 긍정이 늘어가면 '어른'이 되고, 비난과 부정이 늘어가면 '꼰대'가 되는 법이다. 나이만 먹는다고 다 어른 되는 건 아니더라.

나는 슬슬 '어른 꼰대'가 되어가는 거 같으다. 시바,

우리들의 선생님

선생님, 제게 글자 쓰기 가르쳐주셔서 고맙습니다.

덧셈, 뺄셈 가르쳐주셔서 고맙습니다.

구구단 외우게 해주셔서 고맙습니다.

토끼 키우기, 닭장 만들기, 찰흙으로 연필꽂이 만들기, 색종이로 카네이션 만들기 가르쳐주셔서 고맙습니다.

미끄럼틀에서 떨어졌을 때 업고 병원에 가주셔서 고맙습니다.

소풍 가는 길에 롯데 이브껌 주셔서 고맙습니다.

졸업식 날 사진 찍어주셔서 고맙습니다.

박인환 시집 빌려주셔서 고맙습니다.

집에 불러서 오뚜기 카레 먹여주셔서 고맙습니다.

전학 가는 날 울어주셔서 고맙습니다.

겨울에 백일장 나갔을 때 낮술 사주셔서 고맙습니다.

담배 피우다 들켰을 때 라이터만 뺏고 안 때려주셔서 고맙습니다.

파출소에서 뒤통수만 한 대 때린 후 데리고 나와주셔서 고맙습니다.

다 알면서 속아주셔서 고맙습니다.

제 실패에 슬퍼해주셔서 고맙습니다.

제 성공에 진심으로 기뻐해주셔서 고맙습니다.

제게 선생님이 되어주셔서 고맙습니다.

무엇보다
우리가 바닷물에 잠겨 죽을 때에도 떠나지 않고
끝까지 우리 곁에 계셔주셔서 고맙습니다.

선생님, 선생님, 우리들의 선생님!

신통방통한 물건

6년쯤 전이던가. 영화 〈버킷리스트〉에서 잭 니콜슨이 침대에 누워 아조 편안한 자세로 책을 읽는데, 웬 이상한 안경을 쓰고 있는 것이었다. 나는 순간 무릎을 쳤고, 그 즉시 레이더를 가동해 끝내 저 굴절 안경을 구입하고야 말았던 것이니…… 나처럼 게으른 사람이 누워서 책 읽기는 물론 누워서 텔레비전 보기, 영화 보기가 가능한 신통방통한 물건이었던 것이다. 그런데 어느 날 생각해보니까 저 안경의 효용은 그런 데 있는 것이 아닌 것 같았다.

저 안경을 쓰면 세상의 어느 방향도 보이지 않고 오로지 자신의 발끝만 보이는데(숨 쉴 때마다 배도 보인다), 다시 말하자면 세상의 어느 방향도 아닌 발바닥 방향만 보이는 안경이었던 것이다. 그것은 이를테면 앞으로도, 위로도, 왼쪽으로도, 오른쪽으로도 말고 그냥 그 자리에 멈춰서 가만히 아래쪽을 좀 응시해보라는 침묵의 제안 같은 느낌이기도 하

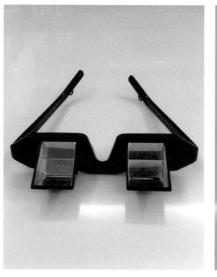

였다.

　그래서 나는 뭔가 생각이 필요할 때마다 저 안경을 쓰고 가만히 누워있거나, 앉아있거나, 서있거나 하였다. 그냥 바라보는 발끝보다 한결 고요하고 아득하고 푸르스름한 세계가 거기 있었다. 그런데 참 놀랍기도 하지. 엊그제 텔레비전에서 저걸 보고 나서야 별안간 깨달았는데, 내가 저걸 사용한 지가 이미 3년이 넘었다는 사실. 그만큼 뭔가 깊이 생각하는 일에서 멀어졌다는 사실. 그보다는 어쩌면 내가 이미 세상의 바닥이거나 영혼의 바닥이어서 더 이상 바닥을 바라볼 이유가 없어졌는지도 모르겠다는 사실. 아아, 놀랍고나. 오늘은 일단 저 안경을 쓰고 나의 바닥을 좀 살펴봐야겠다. 내 바닥 어디쯤에 왔나……

결별하고 싶다

어릴 때 동네 어른들이 수군거리던 이야기가 기억난다. 우리 동네 미장원 아줌마가 백수 남편에게 허구한 날 매를 맞으며 살다가 도저히 못 살겠다며 가출을 했는데, 6개월을 못 견디고 돌아와 다시 전처럼 남편에게 매를 맞으며 산다는 것이었다. 집 나가 살아보니 남편의 매가 그리워서 못 살겠다고 했다던가? 어른들은 그걸 '맷정'이라고 불렀다. 어린 마음에도 얼마나 어이가 없었던지 지금도 어제 들은 이야기인 듯 선명하게 기억이 난다.

그런데 세상을 살아보니 세상엔 참 이해할 수 없는 일들이 너무나 빈번하게 일어나는 것이어서, 허구한 날을 속으면서도 또 속고 또 속고 또 조낸 속아주는 사람들이 넘쳐난다. 속아주는 일에 쾌감까지 느끼는 것 같다. 숫제 사명감까지 가지고 있는 것 같다. 이런 건 '속는 정'이라고 불러야 하나? 자기 스스로를 구원하지 않으려 하는데 어느 하

느님인들 그들에게 구원을 베풀 수 있으랴. 빨리 어떻게든 결별하고 싶다. 시바,

문득

딱 생의 봄을 생각하는 소년 같군요라고 당신이 말했을 때, 나는 드디어 내 깊고 오랜 불안을 들킨 것이 기뻐서 눈물이 날 것 같았지요. 그날은 햇살이 참 좋은 오후였습니다. 당신은 키 큰 고양이가 푸른 눈을 뜨고 있는 셔츠를 입고 있었고 무엇보다도 빛나는 보라색 구두를 신고 있었습니다. 음악이 흐르고 있었던 것 같은데 지금 기억이 나지는 않습니다. 당신의 낮은 음성과 눈빛에 가려서 그런 것들이 무게를 가질 수 없는 날이었으니까요.

나는 뜬금없게도 조로아스터와 짜라투스트라는 같은 사람인데, 라는 생각을 속으로 했고 당신은 아바나 해변의 저녁노을을 이야기했습니다. 그건 아마 내가 처음 꺼낸 말이기도 했을 겁니다. 아바나 해변의 저녁노을 속에서 탕! 하고 방아쇠를 당기는 것은 내 오랜 염원 같은 거였으니까요. 아무튼 아바나 해변 이야기가 나온 김에 우리는 큰 물고기

요리를 먹기로 했고, 물고기를 먹는 김에 이왕이면 독한 술을 먹기로 했습니다. 아직 햇살이 금관악기 같은 무렵이었습니다.

당신은 문득 슬프고 아름답다고 말했습니다. 그건 이를테면 그날의 찬란한 햇살, 셀로판지처럼 반짝이는 풍경들을 한순간 제자리에 멈춰 서게 하는 말이었습니다. 그러나 멈출 수 있는 것은 오로지 우리들의 기억밖에 없으리라는 것을 우리는 이미 자명하게 예감하고 있었습니다. 술기운보다 먼저 저녁이 왔고, 물고기 요리보다 먼저 오후의 풍경들이 지워져버렸습니다. 집들과 길들과 나무와 별들과 당신 눈빛과 종소리와 흰 벽들과 그런 것들이 한데 어울려 어느 불멸의 우주를 향해 날아가고 있었습니다.

생의 봄을 생각하던 소년은 지금 어디로 갔을까요. 슬프고 아름답던 오후는 모두 어디로 갔을까요. 오늘 문득 산수유나무 끝에 걸린 하늘 바라보며 당신 생각합니다. 그날의 찬란했던 햇살을 생각합니다. 더 깊은 계절이 오고, 당신 웃음소리 닮은 꽃이 피거든 다시 편지 쓰겠습니다. 그때까지 부디 안녕하시길요. 우체국 돌담 아래 호박꽃이 퍽 아련합니다. 총총.

잔인한 계절

자랄 땐 겨울에 동사한 사람들 소문이 드물지 않았다. 나 또한 어른이 되고도 한참이 지나도록 겨울이 공포스러웠다. 부엌 처마 밑에 연탄이 다 사라지고, 날마다 쪽마루 위에 전기세 독촉장만이 표창 끝처럼 파르르 떨던 겨울, 살아있는 것만으로도 깊은 절망과 고통으로 공황을 앓게 하던 겨울……. 가난한 사람들에게 겨울은 그대로 폭력이고 재앙이었다.

그런 세월 겨우 살아남아서 이 나이에 이르자 요즘은 한여름 폭염에 쪄서 죽는 사람들 이야기가 드물지 않다. 더위 피할 수단을 갖추지 못한 사람들이 속수무책으로 죽어간다. 가난이 어찌 겨울에서 여름으로 옮겨 와 사람들의 야윈 목을 조르는가. 가난한 사람들은 어느 계절로 가서 풀대궁처럼 모여 살아야 하는가. 며칠째 온몸의 살이 다 녹아내리고 있다. 온몸의 수분이 다 빠지고 나면 비로소 가을이 오

고 그날이 와서 나 훨훨 풍장되려나. 이래저래 살아남기 조
낸 힘겨운 목숨이로고나. 시바,

9월의 마지막 날

비가 그쳤구나. 세월도 나도 삶도 다 변방 같으다. 더 이상 버스가 다니지 않는 변방. 우편배달부가 오지 않는 변방. 공연한 병을 앓으며 며칠을 앓았다. 새벽엔 얕은 잠에서 문득 깨어나 외롭다, 고 혼잣말을 하였다. 그러자 곧 9월의 마지막 날이 왔다. 그대가 오지 않는 나날이 이토록 깊다.

사람의 일

내가 잘되었을 때 스스로 기뻐하는 건 아무나 할 수 있는
일이겠지.
내 아들이 잘되었을 때, 내 딸이 잘되었을 때,
내 아내가 잘되었을 때, 내 남편이 잘되었을 때,
내 가족이, 내 핏줄이 잘되었을 때
기뻐하고 축복하는 건 아무나 할 수 있는 일이겠지.

나는 오늘 많이 슬프고 부끄럽네.
나보다 잘된 사람에 대해서
내 아들보다, 내 딸보다 잘된 아들딸들에 대해서
내 아내와 남편보다 잘된 아내와 남편 들에 대해서
내 가족과 핏줄보다 잘된 그들에 대해서
나 진심으로 기뻐하고 축복한 적 없네.
진심으로 감사하고 박수 치며 기도한 적 없네.

마치 내 것을 빼앗기기라도 한 듯,
내가 마땅히 가져야 할 것을 빼앗기기라도 한 듯
원망하고 욕하고 침을 뱉었네. 땅을 쳤네.
할 수만 있다면 하느님의 저주까지를 빌려다 쓰고 싶었네.

슬프고 부끄럽네.
나보다 가난하고 힘없고 어려운 사람에게
마음 보태고 손 내미는 것 참 쉬운 일.
그냥 가만히 있는 것보다 더 쉬운 일.
나는 무엇을 위해 그들에게 마음과 손을 내밀었나.
흔한 눈물과 위로의 언어를 베풀었나.
어쩌면 그건 얇고 가벼운 양심을 스스로 쓰다듬는 일.
그냥 그런대로 잠깐씩 속이는 일.
뭐 이 정도면 나 꽤 괜찮은 사람이지, 자위하는 일.
남들에게 적당히 좋은 이웃으로 살아남는 일.
결국 스스로를 잘 속이는 일.

나보다 잘된 사람의 기쁨에 기꺼이 동참하라고
오늘도 우주는 제가 가진 모든 별자리를 살리고 지구를

살리고

봄과 여름과 꽃밭과 구름을 살리고 삶과 죽음을 살리고
결국 내 마음의 깊은 흠집을 살리고
가난한 마음 앞에 곧게 굳게 바르게 서게 하신다.

나보다 잘된 사람을 위해 진심으로 기뻐하고
나보다 잘된 사람을 위해 진심으로 축복하고
나보다 잘된 사람을 위해 진심으로 행복해하는 일.

하느님의 기쁨과 축복과 행복을 대신하는 일.
그리고 우리보다 못한 사람들을 다시 생각하는 일.
결국 하느님의 마음을 대신하는 일.
사람의 일.

숙제도 의무도 아닌 것들

숙제하듯 시를 쓸 수야 없지. 노동하듯 쓸 수는 더욱 없는 것이고. 그건 그저 세상에 온 시를 옮겨 적는 일, 그냥 시를 살아내는 일. 숙제하듯 저항을 일삼을 수는 없지. 의무처럼 저항할 수도 없는 것이고. 그건 그저 저절로 몸과 마음이 움직여지는 일, 그냥 저항을 살아내는 일.

숙제하듯 죽음을 죽을 수도 없는 거지. 노동하듯 죽을 수는 더욱 없는 것이고. 그건 그저 내가 살아낸 삶 안에 본디 머무는 것, 그저 죽음을 살아내는 일. 숙제하듯 살지도 말고, 의무처럼 죽지도 말고, 노동처럼 연애하지도 말 것. 그냥 그것들 모두를 살아낼 것. 그게 지금 우리가 술 마시면서 결심할 모든 것이다.

누군가는 소리 없이

스위스와 독일에 사둔 호텔 재산세 내느라 지난달부터 감자와 콩으로만 연명하고 있노라니 출판사에서 어찌 알고 생활비 보내준다는 소식을 보내왔다. 바야흐로 『어떻게든 이별』 6쇄. 내가 시를 잃고, 인간에 대한 그리움을 잃고, 세계와 우주에 대한 경외마저 잃고 죽음의 난시를 헤매고 있을 때에도 이 세상 어느 구비에선 누군가 소리 없이 전직 시인의 시를 읽어주고 있다는 경이와 공포와 죄스러움. 아아, 나는 그 모든 애인들을 위해 오늘도 기꺼이 좌절과 환멸을 끌어안겠네. 인세로 자가용 비행기를 사서 은하수를 건너겠네. 돌아오지 않겠네. 아아, 시바.

좋은 꿈에 불러주시라

1월 1일 신년하례 자축주를 마시고 들어오다가 동네 슈퍼에 라면을 사러 들렀다. 15년 단골이니까 얼굴 정도는 알고 있었어도 평소에 별달리 말을 섞거나 한 적 없는 슈퍼 안주인이 나를 보더니 별안간 "어? 그러고 보니까 지난밤에 제가 아저씨 꿈을 꾸었어요. 누군가 했는데 이제 보니까 아저씨가 분명하네요. 어딘가를 열심히 쏘다니는 꿈이었는데 깨고 나니까 기분이 좋더라구요……."

이러는 것이었다. 남의 부인이 새해 벽두부터 왜 외간 남자 꿈을 꾸고 그러시나. 나는 그래서 조금 신기해서 그러니까 결론적으루다가 그게 좋은 꿈이었다는 것이지요? 라고 다시 물었다. 슈퍼 안주인은 당근이지, 하는 표정으루다가 나를 한 번 더 자랑스럽게 바라보는 것이었다. 1월 1일부터 남의 부인 꿈에 불려가서 밤새 쏘다닌 거, 이거 내 꿈인가 슈퍼 안주인 꿈인가. 하여간 나는 올해 무조건 운이 좋지 않으면 안 되니까 좋은 꿈자리 있으면 좀 불러주고 그러시라. 어떻게든 길몽에 동행해야 한다. 시바! 시바! 조낸 시바!

2장

누구도 울지 않을 때 우는 힘

팍팍한 일상을 견디는 그대에게

시인이란

나는 그토록 비를 좋아하면서도 정작 비에 관해 쓴 시가 거의 없다. 비 오는 날은 그냥 빗속에서 비를 살아버렸으므로 비를 다 탕진한 것이었다. 시에 데려다 쓸 비가 남지 않았던 것이다. 그래서 어쩌면 나는 생각하는 것이다. 사랑에 대해서 시를 쓰는 사람은 정작으론 사랑을 살아낸 사람이 아닐지도 모른다, 이별에 대해서 시를 쓰는 사람은 정작으론 이별을 살아낸 사람이 아닐지도 모른다…….

시인이란 그리하여 모름지기 견디는 사람이다. 비도 견디고, 사랑도 견디고, 이별도 견디고, 슬픔도 견디고, 쓸쓸함도 견디고, 죽음도 견디고 견디고 견디어서 마침내 시의 별자리를 남기는 사람이다. 다 살아내지 않고 조금씩 시에게 양보하는 사람이다. 시한테 가서 일러바치는 사람이다…….

아침부터 이토록 가상한 생각을 해낸 기념으로 오늘은 작정하고 비에 관한 시를 쓰기로 결심했다. 비에 대한 오마주

의 의미로 아조 표절적으로 쓰기로 결심했다. 자, 비에 관한 시 한 편,

비여, 너를 안고 내가 운다. 시바,

살아보자고 건너가는 일

화들짝 내일이 대보름이라는 사실을 깨닫곤 부리나케 동네 재래시장으로 달려갔다. 순전히 어머니 생각이 나서였다. 아침에 부럼을 깨물고 오곡밥에 나물무침, 청어구이(맞나?) 먹던 기억이 눈보라처럼 영혼에 휘몰아쳐왔다.

이 추위에 개털모자를 뒤집어쓴 채 시장에 당도하자 이런 풍경이 펼쳐지고 있었다. 시장 상인회가 주최한 '대보름맞이 축제' 같은 거였는데 아아, 이 추위에 어찌 저러고들 노나 싶을 만큼 재미지고 구성진 한판이 벌어지고 있었다. 아아, 이 추위에 어찌 사람들이 저러고들 쯧쯧.

혀를 차며 다가서자 상인회 높은 분 같은 아주머니께서 다짜고짜 팔짱을 끼고는 "밥 먹고 가셔~ 추운데 공짜밥 뜨시게 먹고 가셔~" 이러면서 밥 주는 테이블로 잡아끄는 바람에 저녁 먹은 지 20분도 안 돼서 또 한 그릇 다 식은 공짜 비빔밥과 시래기국을 먹었다. 먹었으니 또 밥값 하느라 저

어른들 곁에 한동안 어울려 서서 덜덜 떨며 박수 치고 놀아주었다. 진짜로 놀아주었다. 그런데 갑자기 사는 게 눈물겨워지면서 가슴에 뭔가 뜨거운 것이 치밀어 오르는 것이었다.

살아보자고, 어떻게든 더 살아보자고 놀고 놀아주고 노는 척하면서 이 추위를 건너가는 일, 관객과 주최 측 모두 합쳐 열 명도 안 되는 사람들끼리 시장의 모든 축제를 견뎌내는 일, 그래도 실망하지 않는 일……. 어쩌면 사는 일은 이 추위에 뭔가를 견디면서 서로를 지켜주는 힘이 아닌가 싶어 고개를 끄덕이며 돌아서 오는 순간 아, 시바! 그새 3만 2천 원 주차위반 딱지가 앞창에서 내일 먹을 피마자 이파리처럼 파르르 파르르 몸매를 빛내고 있는 것이 아닌가. 아오~ ㅇㄷ 시장……. 다시 가나 봐라, 시바!

나도 실은 안 좋아

어제 무심코 어떤 지인에게 핸드폰 문자로 "좋은 추석 되시게"라고 인사말을 남겼더니 곧 답문이 왔다. "저 추석 안 좋아요. ㅠㅜ" 그는 장애를 가진 동생과 단둘이서 산다. 아차! 나도 그 심정이 화들짝 이해가 되어서 곧 다시 문자를 보냈다. "나도 실은 추석 안 좋아. 조낸 안 좋아……." 그러자 그역시 답을 보내왔다. "아, 그 말씀 참 위로가 됩니다. ㅎㅎ"

이 시절에, 추석 좋은 사람 과연 얼마나 될까. 같이 안 좋아해주는 것만으로도 위로가 되는 사람들 참 많다. 그러나뭐 어쩔 수 없으니 우리끼리라도 못난 얼굴 부비고, 손이라도 맞잡고 살아야지. 들비 업고 나도 이제 슬슬 동네 시장에차례 지낼 북어포라도 사러 가야겠다. 그런데 왜 아침부터이토록 눈물겹지? 시바,

더 늦기 전에

며칠 앓다 일어나 거울을 보니 과연 요 몇달 새 폭삭 늙었다. 내가 나 아닌 것에 휘둘려 마음과 몸을 함부로 팽개치고 있는 것은 아닌지 생각해볼 일이다. 사람은 자기 삶 아닌 것에 발목을 적실 때 비로소 한꺼번에 '폭삭' 늙는 법이다. 그러니 더 늙기 전에 자기 삶이 무엇인지도 한번 되물어볼 일이다. 그것이 먼저 규명되지 않으면 결국 남의 삶을 살다가 그냥 '허투루' 스러지게 되는 법이니까.

모처럼 자리에서 일어나 앉으니 세상이 온통 아지랑이 물결로 일렁거린다. 손이 맑은 소녀에게 우유죽 한 그릇 얻어먹은 후 보리수나무 아래로 가고 싶으다. 아무런 불안도 근심도 공포도 없이, 지나가는 생애를 그저 물끄러미 바라보고 싶으다. 아아, 그런데 손이 맑은 소녀는 지금 어디에 있나. 지나가는 생애는 지금 어디에 있나.

주인집 아저씨가 홍합죽 끓여다가 주며 또 잔소리하기 전에 휘청휘청 걸어서 기차역 앞 짬뽕밥집에라도 가야겠다. 며칠 굶었더니 자꾸만 통속적으로 선량해지려 한다. 이거, 이거, 조낸 곤란하지 않은가. 더 사람다워지기 전에 어서 밥을 먹자. 아아, 냉이꽃보다 하얗고 순결한 밥을 먹자.

생일

오늘은 하루 종일 생일이었다. 하루 종일 생일이었으므로 하루 종일 미역국을 두 번 먹고, 오래 살려면 생일에 국수를 먹어줘야 한다고 누가 그러길래 읍내 나가서 짬뽕도 한 그릇 먹었다. 하루 종일 세 끼나 먹은 생일이니까 어머니도 하늘에서 조금은 흐뭇해하셨겠지.

생일이란 건 어머니도 아프고 나도 아픈 날이었을 텐데 세상에 아직 살아남은 내가 대표로 세 끼나 먹었으니 이만 하면 참 괜찮은 생일을 보낸 거 맞다고 내가 나에게 힘주어 이야기해주는 생일 자정 무렵이다.

사람 사는 일

페이스북 참 좋고나. 나 같은 폐인이 페북이라도 안 했으면 어쩔 뻔했나. 이렇게 술 안 깨는 흐린 아침에, 페이스북 한 바퀴 돌고 나면 아, 아름답고 슬프고 행복하여라. 전라도 구례에선 아메리칸 코커스패니얼 혼혈 강아지 일곱 마리가 태어났고, 경상도 봉화에선 인삼 농사지어서 번 돈으로 중고 트랙터를 들여왔고, 완도 다방엔 아가씨가 새로 왔고, 장흥 친구는 마누라한테 술병을 빼앗겼고, 부산에 놀러 간 노처녀는 광복동 술집에서 우연히 옛날 애인을 만났고, 강원도 주문진에선 강릉여고 나온 처녀가 신발 가게를 차렸고, 프랑스 파리에 사는 친구는 지금 루마니아 여행 중이고, 헬싱키엔 비가 내리고, 서울 쌍문동엔 접촉 사고 난 사람들끼리 알고 보니 사제지간이었고, 9년째 돌싱인 배추 장수 친구는 맞선을 봤고, 차였고…….

사람들이 살아가는 일, 그거 참 그것만으로 문학이 되고,

철학이 되고, 종교가 되고, 노래가 되고, 구원이 되는 그런 것!

그래서 나는 오늘도 기껍고 즐거이 페북질을 하나니, 그리운 이여, 그러면 안녕. 설령 이것이 이 세상 마지막 페북질이 될지라도 (그동안) 페북질 조낸 하였으므로 나는 진정 행복하였네라. 시바, 시바, 조낸 시바!

그 시어들

스크린도어 정비하다가 혼자 죽어간 청년……. 뉴스 화면 속 스크린도어 유리벽에 장식품처럼 그려져 있는 시들을 보면, 과연 시는 그 누구도 구원할 수 없는 허튼짓이라는 생각이 전동차 대가리처럼 덤벼든다. 컵라면 한 개 뜯지도 못한 채 그가 죽어갈 때 그 시어들 단 한 놈도 달려 나가 손 잡아주지 못하였다.

그 자리에 맺히는 열매

벚꽃이 지고 나면 그 자리에 맺히는 열매가 버찌라고 했더니 크흐흥 코웃음을 치면서 나한테 구라 치지 말라고, 시인이 어찌 그렇게도 무식할 수 있냐고 꾸짖는 분이 계신다. (시도 안 읽으면서 시바.) 아, 정말이지 우리가 얼마나 어이없는 세상을 살았으면 벚나무마저 제 열매의 이름으로 맺히지 못하는 세상이 되었나. 그럼 벚나무에서 버찌 말고 오이나 오렌지, 트럼프, 핵폭탄, 바나나 같은 게 조낸 열려야 옳단 말인가.

하긴, 4·19혁명은 5·16군사쿠데타로, 80년 서울의 봄은 5·18광주학살과 전두환 집권으로, 87년 6월 항쟁은 노태우 집권으로, 노무현 대통령 서거는 박근혜 집권으로…… 꽃과 열매가 일치하지 않는 역사를 살아온 것도 사실이긴 하네. 하지만 촛불로 피워 올린 꽃이 이제 어떤 열매를 맺어야 하는가는 너무나 자명한 일이고, 벚꽃은 저토록 찬란한 육신을 다 살아낸 뒤 반드시 버찌로 환생한다. 섭리라는 것이다. 시바,

치통의 쓸모

어금니에 씌웠던 금니가 빠져서 다시 접착만 하고 왔는데 지금 통증 때문에 말도 못하겠고 먹지도 못하겠다. 신통방통한 실력 아닌가. 삽시간에 해골에 금이 가고 눈알을 돌출케 하는 치통을 이식할 수 있다니! 들비 분만 이후 절대로 먹지 않던 진통제를 두 가마니나 먹었다. 내일 오전, 내가 원래 댕기던 치과 문이 열리기 전까지 나는 아마도 이토록 감미로운 자살 유혹을 황홀하게 즐기고 있을 것이다. 차마 그 어여쁘고 친절한 의사 선생님을 죽일 수는 없을 테니까. 아아, 시바!

치통이 밤새 나와 함께 목숨을 건져주어서 나는 꿈을 꾸지 않고도 조금 덜 외로웠다. 치통이 오지 않는 시절은 그러므로 얼마나 깊고 멀리 고독하였던가. 전학 간 소녀의 집 앞에서 공연히 비를 맞던 우편함처럼, 혼자서 온 우주를 다 먹이고 입히고 씻긴 후 철야 도장 찍고 퇴근하는 하느님의 지문처럼 나는 상투적으로 고독하고, 상투적으로 위독하였을 뿐.

치통이 데려다주는 별, 치통이 불러주는 노래, 치통이 쓰다듬어주는 손길, 치통이 속삭여주는 이름……. 나는 치통과 함께 기차를 타고 사막의 새벽노을과 한번 피면 300년을 지지 않는다는 서녘의 푸른 꽃과 이마가 벗겨진 바나나 소년과 고슴도치와 붉은 지붕과 발자국과 광산에서 막 쏟아져 나온 빵들과 새들과 도화지를 보겠네. 겨울의 끝과 처음을 보겠네. 어머니를 보겠네.

그러므로 치통이 오지 않는 시절은 얼마나 깊고 멀리 고독하였던가. 치통이 밤새 나와 함께 목숨을 견뎌주어서 나는 더 떠돌지 않고도 조금 덜 외로웠다. 치통과 함께 견디는 목숨 곁에서 조금 덜 외로워진 내 외로움을 한 번 더 물끄러미 바라봐주었을 뿐. 아아, 시바.

겨울비 오는 날은

빗소리 깊구나. 겨울비 오는 날은 애인도 말고, 객지에서 사업하다 망해서 돌아온 친구와 소읍의 뒷골목 돼지곱창집에서 연기를 피우며 치지직 치지직 타들어가도 괜찮겠다. 아무 말도 하지 않고 먼 눈빛으로만 화답하며 미닫이 유리문 밖의 빗소리를 다 견디어도 괜찮겠다.

그러다 딱 집에 돌아갈 만큼의 취기가 남으면, 친구의 서럽고 고단한 목덜미에 내 낡은 목도리라도 한 바퀴 감아준 뒤, 흐느적 흐느적 걸어서 또 어느 불빛 아래로든 홍역 걸린 강아지처럼 사라져가도 괜찮겠다. 아아, 빗소리에 뼈가 젖는 겨울 이 저녁 무렵.

조문

큰형은 오랫동안 장인을 모시고 살았는데, 폐암으로 고생하시던 그 어른께서 지난밤에 영면에 드셨다고 한다. 나는 이 비보를 방금 미국에 살고 계신 페친 담벼락에서 읽었다. 그 페친은 큰형의 처제이고, 돌아가신 사장어른의 따님이시다. 마땅히 조문을 가야 하는데, 큰형은 역시 연락을 하지 않고 나는 페북을 통해서나 부고를 접하게 되었다. 큰형 성격상, 너 바쁠까 봐 연락 안 했지……. 이럴 양반 아닌가.

경사에는 못 가도 조사에는 가야 한다는 거……. 어머니 돌아가시고 나자 뼛속까지 절절하게 느끼게 되더라. 그날, 하필 수십 년 만의 한파 때문에 전국이 얼음장 같던 그날, 혹한을 마다 않고 조문 와주신 분들은 지금까지도 잊을 수가 없다. 슬픔과 고통을 함께 나누는 것만 한 전우애가 또 있으랴.

오늘은 수업도 있고, 저녁에 인터뷰도 있고, 술 약속도 있다. 하지만 나는 그 무엇보다도 조문을 먼저 하고 볼 일이다. 장례식장 육개장 놓고 소주 한잔을 독하게 마실 일이다. 한 생애의 거룩한 행보가 그쳤다는 것, 남겨진 자들의 앞섶을 바라본다는 것, 아직 푸른 나의 손등을 바라본다는 것……. 살아있는 날들을 아프게 아프게 바라본다는 것…… 아아, 삶은 어찌 이렇게도 무겁고 가벼운 것이냐. 하늘은 흐리고 나는 또 술 생각난다. 시바,

전화기를 붙들고

시골 사는 친구한테서 전화가 왔다. 내가 시방 노래방에 왔는데 갑자기 니가 보고 싶으네…….

그러고 나서 우리 둘이 전화기를 붙들고 한 10여 분간 울었다. 나는 술에 취해서 울었는데 내 친구는 왜 울었는지 모르겠다. 에고~ 시바,

지워진 이름조차 살아와 손을 얹는다

위로가 필요할 때 생각나는 사람이 있다. 아침부터 울고 싶은 날, 나보다 먼저 슬픔이 일어나 눈시울을 깨우는 날, 마음 저쪽에서 고요히 들려오는 이름 하나 있다. 위로가 필요할 때 제일 먼저 생각나는 사람. 만날 수 없고, 만질 수 없고, 바라볼 수조차 없는 사람. 그러나 생각만으로도 마음 안에 분홍의 꽃밭이 일렁이는 사람.

이런 사람 이 생애에서 한 번쯤 만났으면 됐지. 한 번쯤 눈 맞췄으면 됐지.

아침부터 울고 싶은 날은 참 다행이구나. 지워진 이름조차 살아와 이마에 손을 얹는다. 그립다고, 그립다고 나에게 고백할 수 있는 날은 참 다행이구나. 따스한 음성으로 나를 불러다가 나 또한 나에게 푸르른 술 한잔을 건네야지. 아아, 사람아.

Nothing!

아조 피비린내가 날 만큼 젊었던 어떤 시절에, 거지꼴을
한 채 인도 리시케시의 갠지스강변에 눈 감고 앉아서 물소
리에 하염없이 귀를 빠트리고 있는데, 지나가던 외국인 청년
이 몹시 진지한 표정으로 물었다. 지금 무슨 생각 하고 있는
거요?

1초의 망설임도 없이 내가 대답했다. Nothing!

그러자 청년은 갑자기 동경과 존경의 표정을 짓더니 반쯤
절을 하는 자세로 읍하며 고개를 숙이는 것이었다. 그러거나
말거나 나는 다시 눈을 감고 강물 소리에 귀를 적셨다. 사실
나는 그때 너무나 배가 고파서 다른 생각 따위 할 겨를이 없
었던 것이었는데, 청년의 눈에는 내가 마치 높은 경지에 든
구루의 모습으로 비쳐졌던 모양이었다. ─네덜란드에서 온

그 청년은 한동안 나를 사부처럼 모시며 졸졸 쫓아댕겼다. 귀찮고 피곤해서 미치는 줄 알았다.─ 그때 나는 일찍이 깨달았던 것이다. 오나 가나, 예나 지금이나 개폼에 속는 사람들 조낸 많고나. 시바,

이데올로기

어제 나는 우리나라 최고 수준의 보수 언론지와 소위 난상의 인터뷰를 하였는데, 영민한 기자가 역시 잊지 않고 인터뷰 말미에 물어보았다. 당신의 글을 읽어보니 좌파의 향기가 물씬 풍기는데 과연 그러합니까?

나는 헐렁한 노숙 배가본드 같은 말투로 심드렁하니 대답하였다. 예술가에게 무슨 좌파니 우파니 나뉘는 나침반이 있겠소. 나의 이데올로기는 낭만주의요!

그러자 그는 역시 영민한 기자답게 금세 내 말의 깊고 얕은 뜻을 알아듣고 술 한 병을 더 시켜줬다.

측근의 이치

　내가 그 자리에 없는 누군가에 대해서 칭찬을 했더니 듣고 있던 사람이 측은하다는 표정을 지으면서, 이보쇼, 그 사람은 돌아서면 바로 당신을 씹고 흉이나 보는데 아직도 그걸 모르고 있단 말이오? 참 안됐소. 측근들부터 조심하시오……. 이러는 것이었다.

　나는 속으로 참 딱하다는 생각이 들었다. 그럼 측근도 아닌데 도대체 누가 바쁜 입을 바쳐서 나를 씹고 흉을 볼 수 있다는 것인가. 원래 가까운 사람이니까 피해를 끼치고 배신을 하고 상처를 줄 수 있는 거 아닌가. 사기당한 사람에게 가서 물어보라. 다 친구에게 당하고, 형제에게 당하고, 선배에게 당하고, 후배에게 당하고, 약혼자에게 당하고, 사돈의 팔촌에게 당하고, 요즘은 페친에게까지도 가끔 당하고……. 9할이 측근에게 당한 사람들이다. 예수도 제자에게 당했다. 인생이 원래 그런 것이다.

그래서 나는 오늘같이 습도가 높아서 헥헥 숨 막히고 불쾌한 날, 내 측근 가운데서도 최측근을 하나 골라서 씹고 흉보기로 했다. 조낸 조낸 욕을 해주기로 결심했다. 그러니까 시(詩)여~ 너 시바 그러는 거 아니다. 38년 우정을 내팽개치고 도대체 어딜 가서 코빼기도 안 내비칠 수 있단 말이냐. 아이고~ 이 무정한 놈, 시바…….

아무나

술 안 마시는 동안 생각해보니까 그동안 나 참 '아무나'하고 술 마이도 처먹었구나 싶으다. 술 안 마시는 동안 생각해보니까 반드시 마침내 바야흐로 기어이 기필코 마시지 않으면 안 될 사람과 마신 술보다 괜히 공연히 어이없게도 부앙부앙 빙신같이 술에 끌려다닌 경우가 훨씬 더 많다. 사람이 좋아서 술 마신다는 핑계가 진짜 말짱 다 헛소리 개소리 돼짓소리다.

그래서 이제 다시 술 마시게 되면 술 말고 진짜 좋은 사람들만 엄선해서 착하고 공손하고 겸손하고 순정하고 고고하게 마셔야지 생각하고 결심했다면 그건 류근이 아니다. 술은 무릇 '아무나'하고 마시고 '아무렇게나' 취해서 '아무 이유 없이' 행복하고 평화로우면 되는 거다. 다 용서하면 되는 거다. 다 괜찮은 거다.

월요일에도 오후 3시에도 목요일에도 외로운 사람

사람들은 금요일 저녁에 외로운 사람이 가장 외로운 사람이라고 말한다. 그럴 수도 있겠다. 하지만 살아보니까 일요일에 외로운 사람이 진짜 외로운 사람일지도 모른다는 생각이 든다. 금요일에 외로운 사람은 친구나 연인이 없는 사람이고, 일요일에 외로운 사람은 이웃과 가족이 없는 사람일 가능성이 높은데, 그건 참 원초적인 거여서 더 외로울 것 같다.

외로워지면 사람들은 자기 아닌 사람들을 그리워하게 될까. 한편 또 살아보니, 어딘가에서 잃어버린 자기를 그리워하지 않는 사람만큼 외로운 사람 또 없겠다 싶다. 그래서 나는 월요일에도 오후 3시에도 목요일에도 겨울에도 바람 그친 날에도 라면이 끓는 일요일 밤에도 무작정 외로운 것이다. 조낸 조낸 외로워서 마침내 라면 국물에 눈물을 빠뜨리며 우는 것이다. 아아, 시바.

얼마나 다행인가요

어젯밤에 나는 독실한 기독교 환자인 모 선생과 〈그것이 알고 싶다〉 '두 얼굴의 사나이―가락시장의 거지 목사' 편을 시청하였다. 모 선생은 몹시 민망하고도 슬픈 표정이 되어서 순간순간 혼잣말처럼 주여, 주여를 되뇌었는데, 결국엔 내가 더 참지 못하고 울분을 토로하고 말았다. 저, 저런 인간이 목사라니! 저런 쉐이야말로 마귀 사탄 아니고 뭐겠어요? 예수가 참 여럿 먹여 살리는구먼. 시바!

그러자 모 선생이 담담한 목소리로 말했다. 그래도 저 사람이 가짜일망정 목사라는 게 얼마나 다행이에요? 나는 좀 뜨악해져서 그의 얼굴을 빤히 쳐다보았다.

저 사람이 그나마 목사랍시고 교회에 있는 시간엔 그나마 세상 사람들에게 해를 덜 끼칠 게 아니겠어요. 하느님이 일요일엔 나쁜 짓 좀 쉬라고 교회에 붙들어두시는 거예요. 기독교인이라는 이름으로 일요일 예배 시간 단 몇십 분이라도 나쁜 짓 쉬고 있는 사람들이 있다는 게 얼마나 다행인가요. 그게 다 어쩌면 하느님의 뜻일지도 몰라요.

그래서 나는 하느님의 깊으신 뜻에 옷깃을 여미며, 이왕이면 교회 예배 시간을 하루 24시간, 일 년 365일로 늘려야 한다고 강력히 강력히 외치고 싶게 되었던 것이다.

벚나무와 함께 허공에 떠서

벚꽃이 피면 지구가 한꺼번에 허공에 뜬다. 선술집 간판 높이만큼 허공에 떠서 흐흥흐흥 웃는다. 지상에서의 삶은 얼마나 하찮고 비좁은 것이었냐고⋯⋯. 나 또한 어젯밤 9시 48분의 방송국 정문 앞 벚나무와 함께 허공에 떠서 흐흥흐흥 웃었다. 웃을 때마다 흐흑흐흑 눈물이 났다.

빼앗기지 말아야지

들비 친구 하라고 이태원 지나가는 길에 돼지 인형을 하나 사다 두었는데 그동안 그냥 찬밥 신세였다. 들비가 하도 사료를 먹지 않고 사람이 먹는 것만 먹으려 들길래 그릇 옆에 두고 뺏어 먹는 시늉을 하게 했더니 들비가 킹킹 울며 열심히 사료를 먹는다.

반가운 사람이 올 때만 한두 번 짖는 시늉하는, 말만큼 과묵하고 다감한 놈인데 그래도 살겠다고 제 먹이 뺏기지 않으려는 모습을 보니 대견하면서도 한편 슬프다. 살아가는 일이 너 나 할 것 없이 제 밥그릇 지키는 일인가……

9월이 왔다. 밥그릇 치우고 술그릇에 얼굴을 비추며 말갛게 살아봐야지. 영혼은 더러 빼앗겨도 애인은 빼앗기지 말아야지. 애인은 더러 빼앗겨도 연애에 대한 희망만큼은 빼앗기지 말아야지. 아아, 시바, 9월이 왔다.

시부럴! 니미럴! 으이구~ 육시럴!

어제 어딜 가려고 택시를 탔더니 기사님이 백발의 할머니
였다. 별로 많은 비가 오는 것도 아니었는데 평소보다 차들
이 많아서 도로가 극심한 정체를 빚고 있었다. 할머니 기사
님께선 거의 5초마다 이런 시부럴, 니미럴, 육시럴을 만트라
처럼 중얼거리시며 럴럴럴 운전을 하시었다. 그러다가 마침
내 더는 참을 수 없다는 듯 울분을 쏟아내시는 것이었다.

으이구~ 이런 시부럴! 한글날은 왜 갑자기 놀라고 만들어
놔서 도로에 차들을 다 몰고 나오게 하는 거여? 저것들 지
금 다 놀러 가려고 차 몰고 나온 거잖어? 니미럴! 한글날이
면 한글날답게 학생들을 더 열심히 공부를 시켜야지 학교
마저 쉬게 한다는 게 말이 돼? 육시럴! 한글날 논다는 게 말
이나 돼? 시부럴!

도저히 나처럼 고매하고 애매하고 우매하고 몽매한 사람
이 견디기에도 욕설과 논리의 난이도가 과한 듯싶어 슬그머

104

니 한마디 끼어들지 않을 수 없었다. 할머니, 한글날 학생들을 더 열심히 공부시켜야 하면 근로자의 날엔 근로자들을 더 빡세게 일 시켜야겠네요? 어버이날엔 어버이 노릇 더 뼈가 빠지도록 해야 하고?

할머니 기사님은 잠시 뭔가 생각하는 듯하더니 혼잣말처럼 중얼거리시었다. 시부럴! 그러고 보니 나는 날마다 근로자의 날이고 어버이날이네. 니미럴! 으이구~ 육시럴!

새해의 희망 사항

올해 내 희망은 술값 아껴서 그 돈으로 독립문 영천시장 미용학원에 등록해서 이발 기술을 배우는 것이다. 이발사 면허를 따서는 사직터널 위로 해마다 개나리가 만발하는 언덕배기에 이발소를 하나 차려서 퍽이나 오갈 데 없어진 형님들과 술친구들을 맘 편히 오가게 하곤 장이야 멍이야 훈수도 두고, 때론 막걸리 추렴도 하고, 날 저물면 다시 영천 시장 닭곰탕집으로 몰려가서 다 썩어빠진 정치 얘기는 말고 새로 시작한 연애 얘기나 실컷 떠들다가 귀가하는 것이다. 함께 저물어가는 사람들의 붉어진 눈시울을 바라봐주는 것이다.

영산홍 화분을 몇 개 키우고, 손님은 하루에 다섯 명만 받고, 머리는 양철 조리에 물 받아서 내가 직접 감겨주고, 돈은 뭐 주면 받고 안 주면 다음에 받지. 비가 내리는 날엔 영업 안 할 거니까 다들 그렇게 아슈. 나는 꼭대기 청요릿집에서 고운 애인의 손을 잡고 낮술에 취해있을 테니까.

아, 그러면 나는 점점 더 가난해지겠지. 지금보다 더 풍요롭고 환하게 가난해지겠지. 그거 참 괜찮은 일. 나라에 세금 바치는 일보다 보람 있는 일. 술값과 애인과 술친구와 가난만 남기고 늙어가는 거……

그런데 당장 술값을 아껴야 학원비를 벌 텐데……. 새해 벽두부터 대략 난망이로고나. 에구~ 시바,

죽 쒀서 개 주기

요즘 여기저기서 이러다 죽 쒀서 개 주는 거 아니냐는 수 군거림과 근심의 목소리가 들려온다. 이해 불가다. 죽 쒀서 개 주면 안 되는 건가? 우리 들비는 사실 사료보다 소고기 죽, 닭죽, 미역죽, 전복죽, 야채죽을 더 좋아한다. 나는 가끔 우울과 그리움에 빠져있는 들비 처녀를 위해 거금과 정성을 들여서 죽을 끓여 들비에게 바치기를 서슴지 않는다. 들비 도 때로 부드럽고 따뜻한 죽을 먹으며 영혼의 안단테와 모 데라토, 비바체를 음미할 수 있는 것이다.

죽 쒀서 개 주는 건 좋은 일이다. 인간으로서 안 좋은 일 은 다만 죽 쒀서 짐승과 악마와 괴물에게 바치는 일이다. 더 나쁜 세상 이어가자고 그들에게 양식을 헌납하는 것이다. 더 나쁜 세상 살아가자고 자신의 소중한 죽을 포기하는 것 이다.

죽 쒀서 지옥의 평수를 넓히는 일, 지긋지긋하지 않은가.

그런 의미에서 일단 나부터 좀 먹고 보자. 어젯밤 끓여놓은 카레죽이 참으로 흐뭇하게 익었다. 바야흐로 내 고장 4월은 카레죽이 익어가는 시절인 것이다! 아아, 시바!

들여다보십시오

120살의 수행자 수바드라는 석가모니를 만나자마자 거칠 것 없이 물었다. 석가모니께서 곧 열반에 드시기 직전이었다.

"세상의 많은 사람들이 깨달음을 얻었다고 하는데, 그들은 정말 깨달은 사람일까요?"

석가모니께서 대답하셨다.

"그게 그대와 무슨 상관이 있습니까. 그렇게 밖에서 찾지 말고 고요히 그대 마음을 들여다보십시오."

수바드라는 곧 깨달음을 얻어 석가모니의 마지막 제자가 되었다······.

깨달음이란 참으로 가볍고 깊은 것이로구나. 그게 당신과 무슨 상관이오? 당신이나 잘 하시오! 그 말 한마디에 미망을 깨치다니. 나도 나에게 말해주고 싶다. 류근이여, 세상의 부조리에 분노하기 전에 네 안의 값싼 분노부터 끄고 볼 일이다. 네 분노가 세상의 부조리보다 더 무례하고 질이 나쁘다.

그래가 좋다

아주 외롭고 쓸쓸하고 가난하고 서럽던 어리고 젊은 시절에는 '고래'가 좋아서 늘 고래 잡으러 가자는 남의 꿈마저 삼등 삼등 아름답고 설레었는데, 살다 보니까 어느 순간 고래보다 '그래'가 좋다.

우리 그냥 하늘이나 바라볼까?

그래……!

우리 그냥 걸을까?

그래……!

우리 그냥 술이나 한잔할까?

그래……!

우리 그냥 울어버릴까?

그래……!

우리 그냥 살아볼까?

그래⋯⋯!

우리 그냥 견뎌볼까?

그래⋯⋯!

이런 그래가 있어서 참 좋다. 그래가 있어서 참 다행이다.

틈

나는 진지하게 살고 싶지 않은데, 사람들은 왜 점점 더 진지하지 못해서 안달인지 모르겠다. 진지하게 휘두르는 놈들, 진지하게 빼앗는 놈들, 진지하게 해먹는 놈들, 진지하게 죽이는 놈들, 진지하게 무지한 놈들, 진지하게 개털인 놈들, 진지하게 진지한 놈들, 진지하게 안 진지한 놈들……. 어째서 세상은 점점 더 진지한 놈들로만 이토록 무성하고 번성한 것인가. 진지하게 지구를 돌아버리게 하는가.

살아갈수록 내가 조금 더 잘 알게 된 사실이 있다면, 허위와 허구에 근접할수록 진지해진다는 것이다. 그거슨 마치 음악을 틀어놓고 시신을 토막 내고 해체했다는 연쇄살인범의 자세와도 비슷한 것이라고 나는 생각한다. 물이 끓는데 도무지 내용물이 들어오지 않을 때 냄비가 느끼는 불안감 같은 것이라고 나는 생각한다. 세상에 와서 어떤 아름다움에도 이바지한 바 없이 온갖 해악에 몰두하다 보면 자연스럽게 진지해지는 것이 아닐까, 라고도 나는 생각한다. 도무지 유연해지고 담담해지고 의연해질 틈이 없는 것이다. 도무지 '틈'이라는 것을 만들 틈이 없는 것이다.

자기의 틈으로 소통하기보다 남의 틈만을 노려 거기를 비집고 들어가 뭔가를 해치워야 하는 삶은 가련하다. 그러한 진지함이 세상을 이 모양 이 꼴로 '안녕들 하'지 못하게 만든 것이 아닌가. 아, 나도 그러고 보니 일요일 식전 댓바람에 이 무슨 진지한 꼴이란 말인가. 어서 내복 바지 챙겨 입고 부엌에 나가서 시래기국이라도 끓여야겠다. 지붕 무너지기 전에 눈도 쓸어내려야 하고…… 시바,

어젯밤에 써준 인사말

술에 취해서, 내가 어젯밤 누군가에게 이런 인사말을 써주었다고 한다. 아무리 생각해봐도 나 참 조낸 아름답고 신비로운 폐인이로고나. 그러니 새해부턴 내가 나를 더 사랑해줘야지. 그래서 이제 또 한잔 나에게 보낸다. 인생 참 황홀하고나. 시바,

누구도 울지 않을 때 우는 힘,

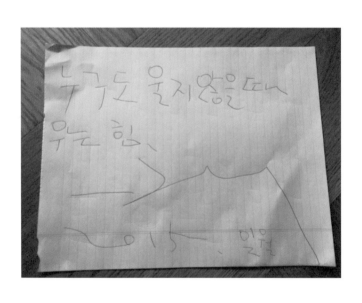

감당하는 사람

　힘 있는 아버지들의 갑질 스캔들이 속속 튀어나온다. 청렴하고 강직해 보이던 사람들도 자식 문제 앞에선 어쩔 수 없는 건가라고 넘기기엔 이제 우리 사회의 수평적 안목이 많이 성장해있다. 그만큼 경쟁도 심하고, 먹고사는 문제의 난이도가 높아졌다는 방증일 것이다.

　나는 중학교 1학년 때 딱 한 번 아버지와 단둘이서 '구경'이란 걸 간 적이 있는데, 내가 살던 충주 탄금대에서 열리던 '우륵 문화제'였다. 지금 잘 기억나지 않지만 가야금 연주도 하고, 백일장도 하고, 먹거리 장터도 열리고…… 하여간 볼 것 없던 시절에 나름 입추의 여지없이 사람들이 몰리던 지역 문화 행사였다.

　더위가 느껴지는 무렵이었고, 보통 그런 데 가면 국밥을 사 먹든지 하다못해 천연사이다라도 한 병 사서 기분을 내고 오는 게 한 재미였을 텐데, 음식 좌판들 앞을 지나오면서 아버지는 내 눈을 한번 살피더니 좀 간결한 경상도 억양으로 "우리 여기서 사 먹을 돈 아껴서 집에 가 장 봐다가 언니들과 밥해 먹자." 이러시는 것이었다. 나는 속으로 좀 섭섭했지만 아버지의 가난한 주머니가 이해가 되었으므로 그냥 아무것도 아니라는 듯 "예, 예. 저는 안 먹어도 괜찮아요"라고 대답했고, 그런 막내아들을 아버지는 미안함과 안타까움과 흐뭇함이 한데 뒤섞인 복잡한 표정으로 한 3초쯤 바라보다가 먼 산 쪽으로 눈을 돌리셨다.

요즘 힘 있고, 돈 있고, 능력 있는 아버지와 그렇지 못한 아버지와의 대비가 우리 사회에서 또 하나의 대결 구도로 떠오르고 있는 것처럼 보인다. 자식 문제로 누구에게 전화한 통 걸어줄 수 없는 아버지들의 자괴감과 박탈감이 분노의 메아리로 흔들려 운다. 그러나 단언컨대 아버지는 힘 있고, 돈 있고, 능력 있어야 하는 사람이 아니다. 그냥 언제 어디서든 자식을 위해서 웃어주고, 견뎌주고, 울어주는 사람이다. 자식을 위해 기꺼이 수모와 치욕을 감당하는 사람이다. 그러니 이 땅의 자식들아! 못난 아버지라고 행여 비웃지 마라. 그 못난 아버지들의 뼈와 살과 피를 밟은 자리가 바로 지금 너희의 현재와 미래다. 그 눈물겹고 뜨거운 릴레이가 바로 꺼지지 않는 우리 삶의 추동이다.

여름 나느라 몸이 곯아서인지 아버지 생각이 자꾸 난다. 살면서 백 마디도 못 해본 나의 아버지……. 아아, 시바.

넘어지지 않기 위해

밤새 너에게 편지를 쓰다가 흑흑 흐느껴 울었다. 그런 게 아니라고, 그런 뜻이 아니었다고……. 목이 메어서 고개를 들자 꿈이었다. 지독히도 선명한 총천연색 꿈.

가을의 예감은 꿈속에서조차 비애롭구나. 하늘이 높아질수록 어깨는 낮아지고 구두 굽은 실족 쪽으로 쉽게 기울어진다. 넘어지지 않기 위해 바닥을 응시하는 일…… 가을에 내 존재의 각도가 굽어지는 이유.

우리 떠나온 별을 위한 노래

허공을 걷듯 구름 속을 걸어가듯 문득 순금의 문을 열고 들어갔을 때, 그곳에 온전히 그대가 있고 아직 깊이 병들지 않은 내가 있어서 일제히 함성으로 피어나는 꽃나무 같은 기쁨에 머물 수 있으면 좋겠네.

풍금 소리 같은, 황금의 시냇물 같은 속삭임으로 나의 등이 따스해지고 그대의 머리카락이 부드러워질 수 있다면. 우리 떠나온 별이 사라지고 난 후 1억 2천만 년 만에 불러보는 이름일 수 있다면. 하늘과 햇살과 이파리들 바라보는 그대 눈 속에 내 존재 또한 흘러가 아프지 않은 꽃잎 하나로 기꺼이 나부낄 수 있다면.

아, 마침내 그대로 인해 내가 살고 내가 죽을 수 있다면.

3장

나침반 없는 기억들

지난날을 돌아보는 그대에게

기억의 능력

집에 오는 길에 비는 그쳤고 슈퍼 아저씨는 문을 열었다. 나는 맥주 세 병과 소주 한 병을 사기 위해 네 개의 주머니를 뒤졌으나 결국 아저씨의 호의에 내 신용을 바쳐야 했다. 외상이라는 좋은 제도를 활용했다는 뜻이다. 슈퍼 아저씨는 별로 탐탁지 않은 표정으로 나를 대했으나 내가 우리 '주인집 아저씨' 문간방 숙객인 걸 깨닫고 나서야 겨우 나의 신용을 믿는 척해주셨다. 그 냥반이 양반은 양반이쥬~ 도대체 이게 뭔 말?

나는 늘 슬픈데 그나마 조금 덜 슬픈 건 내 기억력이 짧기 때문이다. 참고로, 여기서 기억력이라는 것은 '기억의 능력'이라는 뜻이다. 그러면 '기억'은 무슨 뜻인가. 너무 슬퍼하지 말라. 나도 그것을 잘 모르겠다. 대부분의 증언자들은 "기억하기 싫지만 내 기억에 의하면……"이라는 괴상한 문법을 구사한다. 기억하기 싫지만 내 기억이라니.

기억은 그러니까 수동의 장르가 아니라 능동의 장르라는 것이다. 중딩 때 조낸 외웠던 영어 단어 가운데 지금 내가 기억하고 있는 단어는 한 스무 개쯤 된다. 조낸 능동적으로 기억한다. 원, 투, 쓰리, 러브, 라이크, 굿, 바이……

지난밤에 나를 버린 여자는 지금쯤 행복할까. 나는 지극히 능동적으로 생각하고 기억한다. 당신과의 인연은 그러나 조금쯤 수동이었던 게 아닐까. 하느님께서 나에게 뿌려준 별빛과 같아서, 결국 내가 어쩔 수 없는.

비 온다. 시바,

시장통 선술집 한 귀퉁이에서

시장통 선술집 한 귀퉁이에서 외로운 사람들 몇이 모여 술 마시고 있는데, 뒤늦게 합류한 일행 하나이 아조 담담하지만 결연한 목소리로 작가 최인호 선생의 죽음을 알렸다. 우리는 순간 술잔 드는 일을 멈춘 채 잠시 놀라고 안타까운 척을 하며 저마다 한 세대의 명멸과 낙조에 대해 이야기했다. 그 잠깐의 시간이 지나자 우리는 다시 저마다 애인 이야기, 부인 이야기, 말 안 듣는 아이들 이야기, 연봉 이야기, 정치 이야기, 드라마 이야기를 하며 즐겁게 즐겁게 또 술잔을 들었다.

언젠가 내가 죽는 그날에도 어디에선가 시장통 선술집 한 귀퉁이에서 내 부음을 들은 몇이 모여 앉아 또 이렇게 잠깐의 회고를 한 뒤 다시 즐겁게 즐겁게 술잔을 들겠지. 어떤 애인은 드디어 새로운 연애에 대한 희망을 다지며 술잔을 들겠지. 그날 행여 내가 술값 안 내고 먼저 도망쳤다고 욕하는 놈이나 없어야 할 텐데. 내가 두고 간 애인들 서로 접수하겠다고 쟁탈전이나 벌이지는 말아야 할 텐데. 그 꼴을 보느니 차라리 애인들 다 데려다가 순장을 할까.

또 한 권의 역사가 저물었다. 나의 역사는 오늘도 변함없이 술집과 애인들의 손금 위로 흐른다. 죽는 날까지 단 한순간도 죽지 말고 살아야지. 술집 외상값 열심히 갚으며 폐인답게 폐인답게 스러져가야지. 아아, 사랑은 가도 옛날은 남는 것. 최인호는 가도 나는 남는다. 시바,

공항 풍경

군대 제대하던 해 요 무렵에 나는 단칸방조차 사라져버린 집안 형편 때문에 2학기 복학 같은 건 꿈도 꾸지 못한 채 동가식서가숙으로 눈칫밥을 먹으며 연명하고 있었다. 모 소설가 선생님께서 소개해준 출판사 아르바이트가 거의 유일한 의지처였는데, 예나 지금이나 알바는 알바일 뿐 그저 오며 가며 밥 얻어먹고 술 얻어먹으면 감사한 형편이었다. 일은 있거나 없거나 했으나 현실에 대한 불안과 절망감은 늘 내 삶에 굳세게 상주해있었다.

딱히 만날 수 있는 친구도 있지 않았고, 돈이 없으니 혼자서 놀 만한 일상도 생겨나주지 않았다. 오래된 시집을 읽거나 스케치북 하나 가득 습작 시를 쓰면서 소일하는 게 그나마 가장 나은 위안이었다. 아무런 목적도 없이 땀을 뻘뻘 흘리며 한강변을 거닐었고 아니면 처다보기 싫은 세상, 해가 질 때까지 우울의 심연 같은 잠을 붙들고 있는 날들이 많았다.

하루는 하도 권태롭고 쓸쓸해서 망연히 버스정류장에 앉아있는데, '김포공항'이라고 쓰여져 있는 버스가 정차했다. 나는 무심코 그 버스를 타고 김포공항 국제선 터미널까지 가서 내렸다. 아아, 이런 별천지! 에어컨까지 뼈가 시리도록 작동하고 있었고, 공기는 쾌적했으며, 사람들 표정은 설렘과 흥미와 여유와……. 하여간 드라마에서나 본 듯한 풍경이 펼쳐져있는 것이었다. 나는 이튿날부터 김포공항으로 가서 시간을 죽이는 것으로 내 한 시절의 외로움과 곤궁을 견디었다. 떠날 순 없어도 떠나는 사람들의 얼굴을 지켜보는 것으로, 지상을 박차고 사뿐히 날아오르는 비행기 뱃바닥을 바라보는 것으로 심정적 위로를 얻곤 했던 것이다.

요즘 페북에 페친들이 올리는 각국의 공항 풍경들 보면 가난하고 쓸쓸했던 시절의 류근이 생각나서 문득문득 눈물겹다. 어디로든 탈출하고 싶었으나 죽음 외엔 내가 나를 데리고 갈 데가 보이지 않던 시절. 그 막막했던 시절의 청년에게 다가가서 말없이 맥주 한잔 사주고 싶다. 참 오래도록 나, 그 가난과 외로움과 쓸쓸함에 휩쓸려 흘러왔고나. 아아, 시바…….

지나간 날들의 잔영

가끔은 한 사람 생각에 줄곧 빠져들기도 한다. 가로의 쇼 윈도에서 분홍색 원피스를 발견했을 때, 하얀색 카디건을 발견했을 때, 보라색 블라우스를 발견했을 때, 내 상념은 문득 길을 잃고 지나간 날들의 잔영 속으로 걸어 들어간다. 중학교 1학년 때 아카데미극장 앞에서 잃어버린 하늘색 자전거의 안부가 지금껏 떠오르는 것처럼 때로는 흘러간 사람들의 안부가 근심이 돼서 어쩔 줄 모르게 되는 날이 있는 것이다. 그런 날이면 몹시 더 쓸쓸해져서 비가 내리지 않는 하늘을 몇 번 더 쳐다보게 된다.

누군가에게 색깔의 이미지로 남는다는 것은 좀 더 오래도록 기억된다는 뜻이다. 색깔이 아니어도 무엇이든 선명한 이미지로 남는다는 것은 기억의 끄트머리를 좀 더 오래도록 가져갈 수 있다는 뜻이다. 분홍으로, 보라로, 하얀빛으로, 장미 향기로, 물냄새로, 나무냄새로, 더러는 매콤한 술냄새로, 바이올린으로, 피아노로, 트럼펫으로……. 이미지는 확실히 언어보다 힘센 뿌리를 가지는 법이어서 "지금 그 사람 이름은 잊었지만 그 눈동자 입술은 내 가슴에 있네"라는 시구의 진정성을 실감케 한다.

가끔은 한 사람 생각에 줄곧 빠져들기도 한다. 그러나 그 한 사람은 이제 나를 잊었을 것이고, 나에 대한 이미지만 어슴푸레한 여명처럼 남겨져있을 것이다. 술냄새로, 빗소리로, 술냄새로, 빗소리로……. 그러나 이토록 비가 오지 않는 마른 우기에 나는 누구에게 멀리멀리 기억될 수 있을 것인가.

내 흐린 등뼈

대학 들어갔을 때, 괜히 추레한 야전상의 걸치고 막걸리 냄새나 풍기며 어슬렁거리는 복학생들이 그렇게 한심해 보이더니, 내가 막상 군대 가서 박박 길 무렵에서야 그들이 비로소 얼마나 위대하고 대단한 사람들인가를 깨달았다. 세월이든 뭐든 미리 선점한 사람들에겐 다 그만한 가치가 확보돼있는 것이다. 뭐든 닥쳐봐야 깨닫는다.

요즘은 한세상 별 존재감 없이, 그러나 나름의 순정과 순수와 겸손으로 생애를 잘 늙었거나 이미 잘 살고 나서 저세상 건너가 계신 분들이 더할 나위 없이 부럽고 존경스럽다. 어쩌다 나는 인생을 내게 주어진 숙제로 인식하게 되었는지 모르겠지만, 그냥 괜히 왔다가 조낸 숙제만 하다 가는 인생쯤 별루다. 목숨의 앵벌이 참 지루하고 지친다.

술 깨고 나서 맨정신 돌아오니까 사는 일이 또 습관대로 부끄럽고 부질없다. 추위에 잔뜩 웅크린 지붕들, 어쩌면 저렇게도 내 흐린 등뼈를 닮았나. 시바, 또 눈물겹다.

김광석

나는 어디론가로 가는 버스 안에서 그의 부음을 라디오 뉴스로 들었다. 어리둥절해져서, 그러나 곧 정신을 차리곤 합의할 수 없는 비현실감을 씻어내기 위해 혼자서 낮술을 마셨다. 그 취기에서 헤어나지 못한 채 20년 가까운 세월이 흘렀다. 그가 떠나고 남은 별에 그의 노래가 유서처럼 떠돈다. 이제 우리 다시는 사람으로 세상에 오지 말기…….

김광석 2

나는 최전방 비무장지대 앞에서 그의 노래를 목 놓아 부르다가 내 음치를 못 견딘 고참에게 얻어맞아서 갈비뼈를 다친 적이 있다. 옆구리를 움켜쥔 채 울먹이고 있는 내게 그는 딱 이렇게 말하였다. 얌마, 영혼 없이 김광석의 노래를 부르지 마라.

나는 스물일곱 봄이 되던 해에 김광석을 처음 만났다. 마침 그날은 세상의 모든 꽃들이 피었거나 저문 날이었다. 나는 솜사탕 기계 앞에 선 소년처럼 설레었는데, 그것은 마치 교회에 처음 간 날 우연히 옆자리에 짝사랑하는 소녀가 앉아있는 것과 같은 감격이거나 비현실이었다. 그날 그는 내게 아주 고요한 음성으로 어떤 노래를 들려주었다. 너무 아픈 사랑은 사랑이 아니었음을…….

나는 때로 흔해빠진 슬픔과 상실에 무너져 심상에 남아 있는 몇 줄의 고통을 내밀었으나, 어떤 사람은 그 고통을 그의 영혼과 가슴에 끌어안아 세상의 모든 상처받은 목숨들에게 처절한 구원의 음성으로 되돌려주었다. 사람들은 그를 가객이라고 불렀고, 나는 그를 영원히 김광석이라고 부른다. 나는 아직도 그가 내민 잔에 푸르른 눈물 한 방울을 돌려주지 못하였다. 그는 너무나도 재빨리 이 술자리를 뒤로 한 채 집으로 가버린 것이었다. 아아, 광석이 형. 시바,

김광석 3

나는 오래된 동네의 뒷골목 여인숙에 방을 잡고서 하루
종일 그를 추모하는 자세로 술을 마셨다. 명왕성의 단골 여
인숙으로 가고 싶었으나 여비가 조금 부족했고 눈물도 아
무 때나 흘러내렸으므로(안구건조증의 후유증임) 그냥 아무
데서나 쓰러지자는 심정으로 호젓이 뒷골목으로 흘러들었
다. 과연 오래된 동네의 뒷골목은 호젓하고도 호젓하였다.
누군가 보내온 김광석의 노래들을 들으며 나는 옛날의 내
슬픔과 쓸쓸함을 조금 기억해내었을까. 호올로 취해도 좋
을 법한 인생이 오로지 내 것이라는 자각이 나를 충만케
하였다.

아직도, 여전히, 끈질기게도 〈너무 아픈 사랑은 사랑이 아
니었음을〉의 가사를 내가 썼다는 사실을 모르는 사람들에
게 나는 별로 유감이 있지 않다. 그들은 내가 이 겨울에 토
끼처럼 잠을 자고 공작새처럼 추위에 떨며 안나푸르나처럼

고독하다는 사실에 별로 관심이 없을 것이다. 나 또한 열세 살에 충주 아카데미극장 앞에서 잃어버린 자전거를 가끔씩 잊고 산다. 아, 그 파란, 신신약국 아줌마한테 4천 원 주고 산 중고 자전거⋯⋯. 시바,

　시래기마저 다 떨어지자 바야흐로 이 겨울이 불안의 무게로 덤벼들기 시작한다. 그러나 나에게는 아직 세 개의 라면과 한 개의 3분카레가 남아있다. 적어도 사흘 안에 굶어서 죽을 일은 없을 테니 이 어찌 역군은이 아니실 텐가. 김광석 기일 다음 날이 되자 오히려 괴이하게도 서럽고 막막하다. 오늘은 노혜경 시인 북콘서트에도 가야 하고 좀 이따 좀 예쁜 애인과 낮술도 좀 마셔줘야 하는데 아침부터 술 생각⋯⋯. 시인이 되기 전에 폐인에 이르렀으니 아니 마시고 또 어찌할 것인가. 류근이여, "우리 이제 다시는 사람으로 세상에 오지 말기"다. 아아, 시바. 조낸 시바,

꽃비 내리는 시절

사랑해, 라고 말하자 어느 꽃나무 아래서 그녀가 대답했다. 당신, 사랑이 뭔지 알아요? 나는 시큰둥하게 대답했다. 사랑이 뭔데? 그러자 그녀가 아주 슬픈 표정으로 다시 대답했다. 아끼고 좋아하는 거예요. 아끼고 좋아하는 거…….

꽃나무에서 후드득 꽃잎들이 떨어져 내렸던가. 나는 아무런 감흥 없이 그것들을 바라보고 있었던가. 좀 더 시큰둥하게 대답했던가. 그래? 그거 참 싱거운 장르로군.

세월이 한참 흐른 뒤에야 알았다. 좋아하니까 아끼는 것이라는 사실을. 좋아하니까 아낄 수 있는 것이라는 사실을. 좋아하는 것을 아끼는 힘이 사랑이라는 사실을.

꽃비가 내리는 시절이다. 저 꽃들은 제 꽃나무를 얼마나 사랑하길래 저토록 기꺼이 허공에 몸을 던지는가.

미필적 노예

고등학교 다닐 때 같은 반 급우였던 한 친구가 생각난다. 그의 별명은 '제발'이었다(내가 지어준 것 같지만). 체육 시간에 흔히 하던 PT체조를 따라하지 못해서 자주 혼이 나곤 했던 그는 막무가내로 '될 때까지' 그걸 시키던 체육 선생 앞에서 거의 울상이 되어서 "제발! 제발!"을 애원처럼 되뇌곤 했었다. 우리는 그걸 보면서 낄낄거리며 웃었고, 사안의 정도에 비춰 너무나 어울리지 않았던 '제발'의 무게에 당황한 체육 선생은 결국 몽둥이로 그를 후려치는 것으로 마무리를 지었다. "얌마, 제발은 뭐가 제발이야!"

옥수동이 달동네였던 시절, 그 비탈에 살았던 친구는 아버지와 단둘이 사는 소위 '결손가정 청소년'이었다. 친구들의 증언에 의하면 그는 아침 등교할 때 자주 버스정류장까지 쫓아 나온 그의 아버지에게 무차별로 구타를 당한다고 했다. 손에 잡히는 것을 모두 동원해서 친구들 눈에도 끔찍

할 만큼 상습적으로 때리고 짓밟는다는 것이었다. 그래서 인지 그는 늘 후줄근한 옷을 입고 있었고, 얼굴에도 상처가 끊이지 않았다. 당연히 공부는 꼴찌를 맴돌았고 아이들 무리에 끼어들지 못했다. 하루 종일 넋이 나간 표정으로 허공만을 바라보고 있을 뿐이었다. 어떠한 소통에도 관여하지 않았다. 요즘 말하는 '자발적 왕따'였다. 존재감 따위가 있지 않았으니 그나마 급우들에게 집단적으로 괴롭힘을 당하지는 않았던 것 같다. (그리고 그 시절에는 학생들 정서가 그 정도로 야비하지는 않았다.) 어쩌다 무심코 말을 걸어 뭔가를 요구하면 습관적으로 그 말이 튀어나왔다. 제발!

피학에 길들여진다는 것은 그런 것이다. 어떠한 것에도 저항하지 못하고 스스로의 정당성을 포기하게 되는 것이다. 자기존중감이란 게 생겨날 수가 없다. 어쩌다 고개를 드는 자기정체성에 대한 의문조차 가당찮은 반항으로 받아들여져 그 가학자에게 더 큰 폭력의 빌미로 사용되게 마련이다. 가학자에게 피학자는 그저 고분고분 자신의 의사에 충실해야 하는 미필적 노예에 지나지 않는다. 그것이 부모의 이름으로 자행되는 것이든, 사랑이라는 이름으로 자행되는 것이든, 교육이라는 이름으로 자행되는 것이든, 정치라는 이름으로 자행되는 것이든, 종교라는 이름으로 자행되는 것이든 가학은 중독이고 맹독이다. 피학 역시 중독이 된다. 앵벌이를 고용해 착취하는 쓰레기들에게도 '보호'라는 명분이 늘 따라붙는다. 그 '보호'에 길들여진 앵벌이들 역시 탈출 따위는 꿈도 꾸지 못한다. 그냥 그대로 연명하는 것이 가장 평화로운 삶이라고 믿게 된다.

저항하지 않는 삶은 이미 존재 가치를 상실한 것이다. 자기 실존에 대한 충성심이 없는 삶은 노예에 지나지 않는다. 자기의 신념을 희석시키고 파괴하는 자들은 '나쁜 놈'이다. 그걸 모르는 사람들은 '불쌍한 놈'이고, 알면서도 투쟁하지 않는 사람들은 '이상한 놈'이다. 지금 가학의 혈통성을 자랑하며 그 끓어오르는 욕망의 피로 대중의 눈을 씻으려는 자들이 있다. 오로지 '잠시 놓아둔' 권력 복원만을 위해 분장과 화장을 일삼아온 자들이 있다. 무섭고 막막하다.

꿈

오늘은 이런 선생님조차 생각이 난다.

면 소재지 국민학교 댕기다가 6학년 봄에 반기문 유엔 총장이 졸업한 시내 국민학교로 전학한 지 얼마 되지 않아서였다. 각자 장래 희망을 발표하는 시간이었는데 칠십여 명이나 되는 아이들이다 보니까 그냥 제자리에서 일어나 "저는 대통령이 되고 싶습니다" "저는 선생님이 되고 싶습니다" "저는 영화배우가 되고 싶습니다" 뭐 이런 식의 발표였다.

나는 그때 솔직히 다른 꿈이 있었는데 어쩐지 그걸 말하면 아이들이 부러워할 것 같길래 좀 '소박하게' 장래 희망을 조정해서 "저는 알프스 산맥의 알름산에 가서 목장 할아버지가 되고 싶습니다"라고 발표를 했다. 겨우내 『알프스의 소녀 하이디』를 읽은 감동이 채 가시지 않은 후유증 같은 것이었다. 그러자 다른 아이들의 거창한 꿈은 무심코 들어주시던 새신랑 담임 선생님께서 입꼬리를 반쯤 비틀며 말씀하시는 것이었다. "얌마, 젖소 한 마리에 얼만 줄이나 아냐? 거기다가 뭐 알프스 산맥? 알루미늄산? 노올고 있네!"

아아, 나는 그때 깨달았던 것이다. 선생님들 앞에선 절대로 소박하게 거짓말을 해선 안 된다는 사실을! 나는 그때 솔직히 발표를 했어야 하는 것이었다. 내 꿈은 사실 택시 운전사예요! 샘다방 미스 박 누나 태우고 탄금대로 놀러 댕기는 택시 운전사 구씨 아저씨처럼 살고 싶어요!

아아, 시바⋯⋯. 그때 내게 노골적 조롱과 무시와 저주의 표정을 감추지 않으시던 그 선생님 지금은 어디서 아름다희 노올고 계실까. 조낸 조낸 그립다.

구름들

국민학생 시절엔 이상하게도 날마다 몸이 피곤하였다. 어린 놈이 무슨 피곤?이라고 말하겠지만, 지나고 나서 생각해보니까 그건 영양실조와 허기를 앓은 것이었다. 나는 또래의 아이들과 달리 웬만하면 주로 누워서 책을 읽거나, 천장의 무늬를 매직아이 삼아 놀거나, 그마저 기운이 빠지면 그저 맹하니 누워서 하늘바라기나 하면서 시간을 건디는 소년이었다.

내가 가장 좋아하는 놀이는 잠자코 누워서 구름을 바라보는 것이었는데, 우리가 세 들어 살던 조부랄네 기와공장 바깥채 문지방에 머리를 베고서 바라보던 구름이 그중 가장 볼만하였다. 그 구름들은 천등산 쪽에서 목계강 쪽으로 흘러가기도 하였고, 향림고개 너머에서 목행리 비료공장 쪽으로 흘러가기도 하였다. 나와 놀아주기 위해서 구름들은 친절하고도 다정하게 끊임없이 몸매를 바꿔주었고, 나는 고요한 응시로 구름들에게 답례하곤 하였다. 그때의 맑고 깨끗한 뭉게구름들은 지금껏 흩어지지 않는 영상으로 남아서 내 생애의 스크린 위에 곱게 곱게 흘러가고 있다.

어떤 여름날은 문득 오늘처럼 고요하고 적막하여서 나는 다시 핑글 어지럽고 시큰한 피곤에 겨워 어느 문지방에라도 머리를 기대고 싶다. 오로지 나를 위해 몸매를 바꿔주는 구름들과 눈을 맞추면서, 한번 흘러가면 다시 돌아오지 않을 생애를 안도하고 싶다. 물끄러미 바라보고 싶다. 아아, 시바.

낙서

우리는 언제나 가진 것보다 가지지 않은 것을 더 좋아한다. 그러니까 자꾸만 지금 가지지 못한 것을 더 가지려고 몸부림을 치다가 결국 지금 가졌으나 별로 사랑받지 못했던 목숨을 놓고 한 번도 가져보지 못한 죽음 쪽으로 건너가는 게 아닌가.

지금 주머니에서 발견한 어제의 낙서. 냅킨 위에다가 이런 걸 써놓고 술을 마셨다. 아아, 시바. 조낸 멋진 류근! 제발 결별하자.

낙서 2

술에 취해서 기절했다가 일어나보니까 책상 위에 이런 게 놓여져 있다. 크리넥스 티슈 위에 나는 왜 이런 낙서질로 그 순결한 흰 공간을 더럽혔던고.

우린 아마 끝까지
서로를 모른 채 죽을 거야
그러니까 헤어지지 말자
시바,

우린 아마 끝까지
서로를 오들케 주를거야.
그러니까 헤어지지 말
자바.

낙서 3

나 : 거울 보니까 나 진짜 '귀족적'으로 생긴 거 같아요.
박 : 뭐? (비)'규칙적'으로?

어떤 술집에 갔더니 기억도 안 나는 나의 시바체 낙서가 벽에 쓰여져 있다. 술에 취해서 방금 읊조린 누군가(박)와의 대화를 옮겨 적은 것 같다.

유쾌하다, 저렇게 의미 없는 이야기가 그 어딘가의 벽에서 오래도록 살아 나부낀다는 거……. 인생 또한 이 낯선 지구별의 한 구비에서 별 뜻 없이 오래도록 살아 나부끼는 일이 겠지.

나: 거울 보니까
　　나 진짜 "귀족적으로"
　　생기긴 했어요.

막: 뭐? 베 "규칙적으"로?

도처가 지뢰밭

새벽에 라면을 먹고 자면, 이튿날 하루 종일 머릿속에 순대가 한가득 삶겨져 있는 느낌이다. 푹 삶긴 전두엽, 푹 삶긴 해마, 푹 삶긴 대뇌피질, 푹 삶긴 소뇌, 푹 삶긴……. 누군가 해장이라도 하자고 들면 금세 한 접시 썰어서 내놓아도 손색이 없을 지경.

지난 새벽엔 배가 불러서 토할 지경인데도 라면을 끓여서 또 거기에 찬밥까지 말아 꾸역꾸역 먹었다. 괴이한 허기가 영혼의 목을 졸랐다. 나는 새벽에 재방송되는 〈세상에 이런 일이〉 같은 프로를 보면서 한 냄비 가득 라면을 먹고는 침대에 누워 가쁜 숨을 몰아쉬며 책을 읽었다. 백 번도 넘게 읽었으나 한 줄도 기억나지 않는 책, 기억 안 해도 한 개도 섭섭하지 않은 책, 다음 날 보면 또 여전히 처음 보는 것 같은 책…….

우울과 불안은 영혼에 작용하는 장르가 아니라 확실히

복부비만에 작용하는 장르다. 배만 볼록 나온 아저씨들은 그러니까 삶의 부조리에 대해서 어느 정도 눈치를 챈 사람들이라는 뜻이다. 봄이 오려니까 갑자기 주변에 실직자들과 실직 예정자들이 늘어난다. 나는 연혁이 제법 오래된 백수인데도 덩달아 불안하고 우울하고 불쾌하다. 감수성이 예민하다는 것은 도처에 지뢰밭을 예비해두고 산다는 뜻이다. 그러니, 라면이나 하나 또 독하게 끓여 먹고 아예 두뇌를 해체해버리는 게 옳을까. 아아, 시바, 삶은 점점 더 불편하기 짝이 없다.

눈송이 하나만큼의 무게

첫눈 오시는데, 눈 소식 전할 사람 없어 혼자 서성거렸어요. 그대 지금 어디에 계시더라도 부디 제가 남긴 발자국 무늬 따라 마음의 길 평화로우시길요. 깊이깊이 평안하시길요. 어느 전생쯤 우리도 세상에 오는 첫눈 속에서 서로의 존재를 감사해했던 적 있었겠지요. 시린 눈썹 위에 눈송이 하나쯤 얹어두고 서로의 이마를 바라본 적 있었겠지요.

지금 비록 안부 한 잎 그대에게 불어가지 않더라도 살아서 보는 첫눈 속에 그대 이름 반짝였으니 이 부드러운 통증으로 저는 또 한세상 건너가겠습니다. 더러는 제 그리움도 그대 눈시울에 첫눈처럼 흩날렸으면 좋겠습니다. 그러나 슬픔은 말고 눈송이 하나만큼의 무게로만 흩날리다 스르르 녹는 것이었으면 좋겠습니다. 총총.

상식 하나

우리가 가장 유의해야 할 의학 상식 가운데에는 이런 것이 있다. 날씨가 추워지면 감기에 더 잘 걸리는 이유는? 뭐이런 거⋯⋯. 답은 너무나 싱거워서, 날씨가 추워지면 '환기'를 소홀히 하기 때문이란다. 외부에서 묻히고 들어온 감기 바이러스가 실내에 고스란히 남기 때문에 감기에 더 잘 걸리게 된다는 것.

그렇지. 뭐든 '고스란히' 남는 게 문제다. 들어온 것들이 나가지 않고 그냥 남는 것. 원래 있던 거니까 그냥 남는 것. 안팎이 꽉 막혀있다는 것.

나에게 이르는 말인데, 류근이여, 좀 비우고 살자. 들고 나는 것이 가벼워지면 삶의 고통이 덜해진다. 일찍이 부처님께서 집을 버리고 어느 나무 그늘 아래로 나아가신 까닭이 무엇이겠는가. 안팎이 헐거운 자가 자유롭다. 그거 원래 그런 거다.

닮은 눈빛

외출하느라 혼자 떼어놓고 나갈 때마다 나를 바라보는 들
비의 눈빛은 어쩌면 그렇게도 늙었던 어머니의 눈빛을 닮았
나. 석양에 기대어 내가 사라지는 언덕까지 손 흔들던 어머
니 눈빛을 어쩌면 그렇게도 빼닮았나. 혼자 남는 것들은 왜
그렇게도 서로 닮은 눈빛을 가졌나. 서로 닮아서 만나지도
못하나.

마지막 숨결들

명색이 시인이라고, 여기저기서 보내주시는 책들이 적지 않다. 나는 가급적이면 연락처를 찾아서 어떤 방법으로든 꼭 감사 인사를 드리려 노력하는 편인데, 책을 내는 것도 고생이지만 그걸 일일이 분류해서 주소를 쓰고 우체국까지 가서 보내주시는 노고와 성의가 얼마나 무거운 것인지를 잘 알기 때문이다.

오늘은 아침에 일어나서 망연히, 진짜 밑도 끝도 없이, 도대체 이런 나라에 세금을 바치면서 살아도 되는 걸까를 반가사유하고 있다가 불현듯 그동안 쌓아둔 우편물들을 개봉하기 시작했다. 시집, 소설, 산문집, 월간지, 계간지, 음반……. 얼마나 게을렀던지 한 달이 지난 문예지까지 봉투 속에 고스란히 갇혀있다. 나는 그것들을 잘 분류해서 읽을 만한 자리에 정리해두고서 하나하나 연락처를 찾아 감사 메일을 썼다. 보내주신 마음에 비하면 한없이 사소한 답신이

겠으나 당장은 보답할 수 있는 일이 이것밖에 없다. 다만, 잘 읽고 잘 배우는 것으로 내 마음을 바칠 수 있을 뿐이다.

그런데, 답신을 쓰려다가 갑자기 벽에 부딪혀버리는 책이 손에 잡힌다. 아무리 찾아봐도 연락처를 알 수 없는 시집 한 권. 시인의 약력을 보니 2014년 3월 5일 타계라고 되어있다. 유고 시집인 것이다. 그러니 달리 연락처가 있을 리 없다. 나는 잠시 먹먹한 심정이 되어서 시집을 열어 그의 마지막 숨결들을 읽는다. 그리고 나는 생각하는 것이다. 아하, 시인들은 죽어서 시를 남기는 사람들이구나.

가두며 살았다

지옥이 말 그대로 지옥인 까닭은 더 이상의 구원이 존재하지 않는 공간이기 때문이겠지. 헤어날 수도 없고, 어떠한 회개와 용서도 의미를 가지지 못하는 곳. 나는 내 안에 다층의 지옥을 갖추고, 다시 그 지옥에 나를 가두며 살았다. 더 갈 데 없는 안쪽.

4월의 마지막 날이로구나. 너무나 많은 꽃들이 세상에 왔다 갔다. 나도 4월을 다녀갔다. 깊이, 잘 아팠다.

참 어렵다

녹화가 비교적 수월하게 잘된 날도 있고, 컨디션 난조로 아주 고전한 날도 있고 한데, 막상 2주 뒤 방송이 나올 때가 되면 나도 모르게 마음이 무거워진다. 잘하고 못하고 상관없이 방송이 어찌 나올지 긴장되고 걱정된다. 이건 도무지 회가 거듭돼도 적응이 되지 않는다.

오늘도 역시 라면 하나 끓여 먹으며 방송을 봤다. 2주 이상 술 안 마시고 제법 좋은 컨디션으로 임한 녹화분이었다. 그런데 텔레비전 화면 안에는 한 비루하고 초라한 이방인 하나가 앉아있었다. 별 존재감도 없이, 별 필요도 없는 말만 띄엄띄엄 읊어대고 있는 부조화! 입안에 우물거리던 라면을 간신히 삼키며 내가 물었다. 그런데 저 시인은 저기 왜 앉아서 저러고 있는 거지?

"아름답고 쓸모없기" 참 어렵다. 시바,

좋은 부위 한 토막

아침 식탁에 갈치구이가 올라온 걸 보고 울컥했다. 별안간 살아생전 갈치 한 토막을 온전히 차지하고 드시는 모습을 본 적 없는 어머니 생각. 추석이 낼모레다. 살아서 대접받아야 저승에서도 대접받는다던데…….

이 땅의 어머니, 며느리, 딸들이여~ 앞으론 식탁 위에 생선 토막이 올라오거든 불문곡직 젤 먼저 가장 좋은 부위 한 토막 차지하시라. 무조건 그리하시라. 류근 믿고 그리하시라. 스스로를 대접하시라. 나 다음에 새끼 있고 남편 있고 시댁 있고 일가친척 있고 남들 있다고 생각하시라. 맘 놓고 생까시라. 그래야 이다음에 나 같은 불효자를 안 맹근다. 돌이킬 수 없는 회한을 안 남긴다. 자기를 대접해야 남들도 자기를 대접하고, 대접받을 줄 알아야 순전하게 대접할 줄도 아는 법이다. 아멘!

암자에 왔더니

장을 이틀에 걸쳐서 보고 장장 열 시간에 걸쳐서 음식 장만을 한 것 같은데 아무리 시간을 끌어도 차례 지내는 시간 달랑 이십 분. 이게 뭐냐? 시바, 그러고 나서 설거지에 뒷정리가 또 두세 시간……. 내가 이렇게 투덜거리자 어머니께서 말씀하셨다. 억울하나? 억울하면 엄마한테 오든지…….

그래서 아픈 무릎을 무릅쓰고 삼각산 꼭대기 암자에 왔다. 지상에 있는 나도, 천상에 계신 어머니도 다 괜찮다. 이만하면 참 괜찮다. 이제 달님만 괜찮으면 된다.

금연에 성공해야 한다

정확히 5년 3개월 전에 담배를 끊었다. 26년간 단 하루도 끊은 적 없는 담배였는데 그야말로 하루아침에 전격적으로! 끊어버렸다. 남들은 그 비결이 뭐냐고 묻는데, 담배 끊는 데 무슨 비결이 있겠는가. 그냥 끊으면 끊는 거지. 금단증세 때문에 정신을 잃을 지경을 몇 번 경험하면서도 나는 독하게 금연을 실천했고, 다행히 지금까지 단 한 번도 담배에 손을 가져가지 않았다. 담배는, 인생에서 26년간 피웠으면 뭐 헤어질 때도 된 거 아닌가.

담배를 끊으면서 뭔가 명분이 하나 있으면 좋겠다 생각하고 있었는데, 마침 지인을 통해 국제 구호단체를 알게 되었다. 한 달 3만 원이면 아프리카의 한 어린이가 학비와 급식 등을 해결할 수 있다는 거였다. 나는 어차피 담배 살 돈이 굳었으므로 잘되었다 싶어서 그 즉시 결연 신청을 하였다. 한 달 담뱃값보다 적은 돈으로 두 명과 결연할 수 있었다.

그때 결연한 탄자니아의 소녀들은 이제 9살, 13살이 되었다. 가끔 구호단체를 통해 사진과 근황 등이 전해져 오는데, 고작 한 달 3만 원으로 저토록 해맑게 웃을 수 있다는 것이 믿어지지 않는다. 오히려 미안하고 안쓰러워진다. 언젠가는 영문으로 된 편지를 전해 받기도 했는데, 영어가 부족하다는 핑계로 답장을 하지 못하고 있다. 영어 잘하는 애인 만나면 대필이라도 부탁해야겠다고 생각 중이다.

어제 모 공중파에서 〈희망 TV〉라는 것을 오랜 시간 방송하는 걸 보니 문득 내 자랑을 좀 해야겠다 싶어서 이 글을 쓴다. 사실은 자동이체여서 나조차 늘 아프리카의 소녀들을 잊고 살았다. 그래도 나의 알량한 마음 덕분에 누군가 삶의 희망을 유지할 수 있다는 거. 이거 참 흐뭇하고 행복한 일 아닌가. 저 소녀들을 실망케 하지 않기 위해서라도 나는 반드시 언제까지라도 금연에 성공해야 한다. 가끔은 착한 일도 조금씩 하면서 살아야 하느님이 술도 좀 사주시고 그러는 거다.

기술과 예술

어제 어떤 지즈배가 또 물었다. 기술과 예술의 차이가 뭐예요? 나는 술잔에 기울어진 몸매를 조금씩 일으켜 세우며 고독히 고독히 대답하였다.

술을 만드는 건 기술이고, 그 술을 마시고 취하는 건 예술이다.

그러자 약 2초 후 지즈배가 명료히 말했다. 그 취한 사람 술값을 내가 내는 건 기술인가요, 예술인가요?

에구~ 시바,

때리는 사람

　나 어릴 때 김태식이라는 권투 선수가 있었다. WBA 플라이급 세계 타이틀전에서 공이 울리자마자 4분여 동안 무려 250여 대의 펀치를 휘두르며 2라운드 1분 11초 만에 챔피언이던 루이스 이바라를 바닥에 눕혀버린 돌주먹 김태식. 경기 끝나고 나서 그가 어떤 쇼 프로에 나왔을 때 아나운서가 물었다. 때릴 때 기분이 어떠세요?

　그가 숨도 쉬지 않고 대답했다. 힘듭니다.

　그래, 때리는 너도 힘들겠지. 맞는 나는 그냥 누워버리면 된다. 시바,

좋고 나쁜 것들

아이큐 99의 전성기를 지나 이제 바야흐로 아이큐 87 정도의 지능으로 버티는 내가 참으로 괴상하게도 어느 자정 무렵 어둠 속에서 데면데면 빛나던 약 400여 개의 눈동자가 자꾸만 기억나서 통 진정이 되지 않는다. 그러나 과거는 흘러간 것.

한 열흘쯤 술에 실려서 흘러 다녔고, 좋고 나쁜 꿈을 꾸었고, 좋고 나쁜 기억들이 생겨났고, 좋고 나쁜 육신이 남겨졌다. 나는 다행히 아직 그치지 않은 빗속에서 하루쯤 더 앓아누워야지. 그리고 아이큐 87의 두뇌를 데리고 좋고 나쁜 시를 한 천 편쯤 암송해야지. 그러면 얼추 인생이 다 채워질지도 모르겠다. 그러나 인생을 다 채우기 전에 우선 살충제로 잘 씻겨진 계란을 한 개 풀어서 라면을 먹는 것으로 나는 나를 잘 보살피는 일부터 시작해야겠다. 배고프면 술 생각이 먼저 나는 이 좋고 나쁜 버릇이라니. 시바,

당신의 먼 자리

가을비 오시는 날을 습자지 같은 눈시울로 바라봅니다. 이런 날은 조금 앓아도 괜찮을 듯싶습니다. 당신은 오랜 음성의 무게와 기억으로 내 이마를 어루만지시겠지요. 옛 편지 아직 푸르고 무성하여 내겐 돌아갈 상처가 이토록 환합니다. 물이파리에 든 송사리처럼 절룩거리며 나는 어디로든 흘러가 앓아내고야 말 것 같습니다. 눈을 감고도 당신의 먼 자리에 깃들여 한 계절을 울 수 있을 것 같습니다.

그러나 당신은 지금 어느 빗방울 아래 우산 없는 나날을 건너가고 계신가요. 어느 음악의 마지막 모퉁이를 돌아 나오고 계신가요. 나는 아직도 비 내리는 시절에 갇혀 어떤 슬픔의 문장에도 귀 기울이지 못하겠습니다. 당신의 부재가 남겨둔 자리 너무 깊어서 빗소리조차 여기에 닿지 않습니다. 당신의 자리 내게 늘 그런 것이었습니다.

가을비 오시는 날을 습자지 같은 눈시울로 바라봅니다.

이런 날은 조금 앓아도 괜찮을 듯싶습니다. 앓아서 남김없이 비의 육신으로 흩어져 가을가을 고통으로 스러져가도 괜찮을 듯싶습니다. 머나먼 당신,

좋았던 시절

충청북도 충주시 교현동 향군회관 앞 공터에서 나는 내 친구 김몽룡이네 아버지가 삼강제과 아이스케키를 빨며 동네 노인네와 주고받는 이야기를 들었다. 아무튼 자유당 때가 좋았다니까요~ 1977년도 여름 무렵이었다.

내 친구 김몽룡이네 집에는 독일에 일하러 간 이복의 큰형도 계시고, 서울로 시집간 곱디고운 큰누나도 계시고, 소년체전 육상 대표하던 작은누나도 계시고, 단양에서 공고 댕기던 작은형도 계셨다. 아, 그런데 1982년도던가, 독일에서 돌아와 별안간 서울 광나루 근처에서 구두공장 경영하던 몽룡이네 큰형한테 나는 또 똑똑히 들었던 것이었다. 아무튼 유신 때가 좋았다니까~

나는 일찍이 한 부자의 '세대 간 가치 규정의 갈등 양상'을 목도하였던 것인데, 진짜로 드라마틱했던 것은 1999년도 어느 결혼식장에서 내 친구 김몽룡이네 작은형과 마주쳤을

때 그가 하는 말을 또 들은 것이었다. 아무튼 전두환이 때가 좋았다니까~

그러니까 그 집안은, 아무튼 자유당 때가 좋았고, 아무튼 유신 때가 좋았고, 아무튼 전두환이 때가 좋았던 그 집안은 지금 어디쯤 가있을까. 내 친구 김몽룡이는 아무튼 좋았던 시절 한 번도 없이 고향에서 개두릅 모종이나 나르고 있고, 김몽룡이네 아버지는 돌아가셨고, 김몽룡이네 큰형은 부도를 일곱 번 맞았고, 김몽룡이네 작은형은 소식도 없고, 나 또한 좋았던 시절 한 번도 없이 낮술에 취해 옛날 애인 연애편지나 읽으며 눈물을 줄줄 흘리고 있다. 나는 아무리 생각해봐도 목계강 다리 개통식하는 날이 제일 좋았던 게 아닐까. 소문에 의하면 그해는 기원전 1968년도였다. 아아~ 시바,

손수건이 없어서

한번 나갔다 들어올 때마다 손수건을 한 장씩 잃어버린다. 한번 나갔다 들어올 때마다 누군가와 눈물로 이별을 하기라도 한 것일까. 언덕에 올라서서 눈물로 흔들어주곤 어느 가난한 나뭇가지에 묶어두기라도 한 것일까. 나는 얼마나 이별이 흔하길래 살아갈수록 손수건 한 장이 남아나질 않는 것인가. 행여 내 손수건 나부끼는 언덕을 아시는 분 있으면 제보 부탁드린다. 이젠 울어도 눈물 닦을 손수건 한 장이 없다. 손수건이 없어서 이별마저 다음 생으로 미뤄야 할판, 아아, 시바.

아아, 늦었어요

술에 몹시 취해서 그녀를 본 듯도 한데, 한낮이었는지 한밤이었는지 지구였는지 메타세쿼이아길이었는지 자작나무 숲이었는지 여인숙 방이었는지 기억이 마구잡이 원투 스트레이트로 왔다 갔다 지 맘대로다. 원래 기억이란 건 나침반이 없는 거니까 그러려니 내버려두는 거지.

하여간 나는 그녀를 만난 듯싶은데, 만나서는 또 징징 울며 살아보니 당신이 그리워서 못 살겠다고, 이 별에서 잠시만 내 삶에 머물다 가달라고 애원을 하였다. 그러자 그녀는 돌연 거위 같은 눈을 뜨고 금붕어 같은 목소리로 대답을 하였던가. 아아, 늦었어요. 시마이예요, 시마이!

눈을 떠서 가물가물 바라보니, 우리 동네 아구찜집 칠순 넘은 할매 팔뚝에 매달려 눈물 콧물, 고춧가루와 콩나물무침에 잔뜩 비벼져서 헤엄을 치고 있는 중이었다. 할매는 역시 강호의 고수답게 강낭콩꽃보다 붉고 아구찜보다 매운 얼굴로 내게 일초식을 시전하였다. 유씨, 아무리 작업 걸어봤자 오늘은 절대 외상 안 줘!

나는 우산마저 담보로 잡힌 채 비틀비틀 집에 돌아와서 사나흘을 푹 앓았다. 그러자 곧 10월이 왔다.

1류 시인살이

어느 해 모 출판사 송년회에 갔다가 들은 이야기가 문득 생각난다. 하필이면 지들이 스스로 1류라고 믿는 시인들 자리에 앉게 되었는데, 하필이면 지독히도 지가 더 1류 시인이라고 믿는 모 여자 시인이 내 앞에 앉아있다가 문득 페이스북 이야기를 하면서 이러는 거였다. 나는 류근 선배 페이스북엔 절대로 '좋아요' 안 눌러요. 왜냐? 내가 '좋아요'를 누르는 순간 그 (얼빠진) 아줌마 아저씨들 사이에 이름이 섞이게 되거든!

아줌마 아저씨들 사이에 이름을 섞지 않으면서 1류 시인으로 살아내느라 얼마나 개고생이 심할까 생각하면 지금도 눈무리 아플 가린다. 그런데 문제는, 지들이 아무리 스스로 1류인 척 온갖 개폼을 잡아도 내 눈에는 대부분 3류도 못되는 아류로 보인다는 것이다. 3류는 족보라도 있지. 시바,

4장

낙엽보다 먼저 우주의 바닥으로

오늘도 휘청거리는 그대에게

하루만 더

페이스북 담벼락에 와서 보면 행복한 사람보다 불행한 사람이 더 많고, 건강한 사람보다 아픈 사람이 더 많고, 부유한 사람보다 가난한 사람이 더 많고, 힘 있는 사람보다 힘없는 사람이 더 많고, 즐거운 사람보다 괴로운 사람이 더 많고, 풍요로운 사람보다 외로운 사람이 더 많고, 빼앗은 사람보다 빼앗긴 사람이 더 많고, 이룩한 사람보다 좌절한 사람이 더 많고, 고통을 주는 사람보다 고통을 받는 사람이 더 많다.

그런데 참 이상한 것은, 그럼에도 불구하고 나쁜 사람보다 좋은 사람이 더 많고, 받으려는 사람보다 베풀려는 사람이 더 많고, 쓰러지려는 사람보다 일으키려는 사람이 더 많고, 꺾으려는 사람보다 심으려는 사람이 더 많고, 우는 사람보다 위로하는 사람이 더 많다.

그래서 가끔씩 하느님이 지구를 이제 그만 세울까 생각하다가도 에이~ 하루만 더 생각해보지 뭐, 그러고 계시는 거다. 나도 그래서 가끔씩 이제 그만 마실까 생각하다가도 에이~ 하루만 더 마셔보지 뭐, 그러고 있는 거다. 세상이 하도 아름답고 슬퍼서……. 아아, 이 몹쓸 이승! 시바,

이제 무엇을 하지?

서태지의 〈난 알아요〉가 히트하던 어느 해 여름 이 무렵이었다. 방학 중이었는데 마땅히 갈 곳이 없었다. 단순히 놀러 갈 만한 곳이 없었다는 게 아니라 어머니와 단둘이 살던 집이 폭삭 망해서 진짜로 오갈 데가 마땅치가 않았다. 동가식서가숙으로 하루하루를 연명하는 나날이었다. 그때 나는 마포의 돼지껍데기집 근처 작은 출판사에서 가끔씩 원고를 수정하거나 교정하는 정도의 아르바이트를 하고 있었다. 짐작하다시피 그때나 지금이나 그런 일이 돈이 될 리가 없었다. 그냥 대충 술이나 얻어 마시다가 어쩌다 재수 좋으면 몇 장의 지폐를 여비처럼 받아 쥘 수 있을 뿐이었다. 그때 그 출판사의 주간이 류시화 시인이었다. 물론 몇 개월을 채우지는 않았다.

그날도 더위와 허기와 숙취에 찌들어 출판사에 들어갔는데 웬일인지 밀린 알바비를 하이얀 봉투에 고이 접어서 나

빌, 아니 주시는 것이었다. 자존심 때문에 나의 극빈을 전혀 내색 않고는 있었지만 겉으로 땟국물처럼 줄줄 흐르는 궁기는 어쩌지 못하고 있었던 모양이었다. 외모만큼이나 마음씨마저 고왔던 당시 사장의 사모님(경리 업무를 보고 있었다)께서 별 설명도 없이 제법 많은 돈을 쥐여 주시며 눈웃음을 싱긋 흘리시는 바람에 나는 그 순간 우리의 운명을 예감…… 캑,

갑자기 예상치 못한 돈이 생기자 당황스러웠다. 솔직히는 이따위 돈 때문에 젊은 놈이 날마다 이토록 비루한 꼴을 질질 끌며 살아야 하나 싶은 울분과 비애가 분노처럼 치밀었다. 이 돈으로 이제 무엇을 하지? 한 달 치 방을 구할까? 아니지, 독서실을 끊고 남는 돈으로 밥과 술을 먹어야지. 아니야, 일단 나 때문에 마음고생하는 OO(당시 여친)에게 보란 듯이 고기부터 사줄까. 이런 나쁜 놈! 객지에서 혼자 고생하는 어머니에게 얼마라도 송금하는 게 도리잖아. 사실은 시집도 몇 권 사고 싶은데. 아, 2학기 등록은 어떻게 하지…….

이런저런 생각이 꼬리를 무는 사이에 참 이상하게도 나는 신촌역 앞에 혼자 서있었고, 강화도행 시외버스에 앉아서

차창 밖을 바라보고 있었고, 전등사 앞 식당에 앉아서 술을 마시고 있었고, 쑥색의 비가 하염없이 내리고 있었고, 여관방에 앉아서 술을 마시고 있었고, 회색의 빗소리가 머리카락을 움켜쥐고 있었고, 다시 전등사 앞 식당에 앉아서 술을 마시고 있었고, 쑥색의 비가 하염없이 내리고 있었고, 여관방에 앉아서 술을 마시고 있었고, 회색의 빗소리가 머리카락을 움켜쥐고 있었고, 전등사 앞 식당에 앉아서 술을 마시고 있었고, 쑥색의 비가 하염없이 내리고 있었고, 여관방에 앉아서 술을 마시고 있었고, 회색의 빗소리가 머리카락을 움켜쥐고 있었고……

비가 그쳤을 때 강화도의 버스정류장에 우두커니 선 내겐 다시 서울의 남루와 비루에 당도할 버스비와 비에 젖은 담배 세 개비, 그리고 어리둥절한 숙취와 슬픔이 남겨져있었다. 그때 내 나이 스물일곱 살이었다. 거기서 나 한 정거장도 더 나아가지 못하였다. 아아, 시바.

나는 외로운 아르마딜로

6분 전 통화 내용.

여자 시인 : 왜 자꾸 그렇게 아파?

나 : 외로워서.

여자 시인 : 얼마나 외로운데? 오빠가 외로우면 나만큼 외로워?

나 : 나는 아르마딜로처럼 외로워.

여자 시인 : 아, 아르마딜로? 그 징그럽게 이상하게 생긴?

나 : 얼마나 외로우면 그렇게 생겼겠니…….

여자 시인 : 더운데 냉면이나 먹을걸 괜히 전화했네. 시바!
(전화 뚝!)

그래서 나는 본격적으로, 좀 더 적극적으로 외로워졌다.
아르마딜로가 어때서 시바,

마음의 오랜 버릇

지난가을에 입었던 외투 주머니에서 냅킨에 쓴 메모 한 장이 나왔다. 술에 취해서 누군가가 한 말을 받아 적은 듯싶은데, 기억이 나지 않는다. 냅킨에는 내 음주체 글씨로 이렇게 쓰여있었다.

구질구질하게 돌아오고 싶었어요.

지난가을 술자리에서 나는 왜 저 말이 생각나거나 들렸던 것일까. 나 또한 누군가에게 '구질구질하게' 돌아가고 싶었던 것은 아닐까. 실은 돌아갈 곳도 딱히 없으면서 늘 어디론가 돌아가고 싶은 마음의 이 오랜 버릇! 그러나 오늘은 구질구질하게, 미세먼지에 더럽혀진 가을비가 내린다. 구질구질하게! 오오, 구질구질하게! 나도 어서 돌아가고 싶으다.

멸망이 눈앞에

요즘 내가 쓰는 글은 캐쓰레기다. 밤새 벼락과 천둥에 맹폭을 당한 아침에 나는 반가부좌를 하고서 모처럼 참회하는 것이다. 아, 어쩌다 '광야를 달리는 사나운 말' 같던 나의 언어들은 비늘이 벗겨진 채 배영을 일삼는 수족관 속의 숭어처럼 썩어버리었던 것인가. 조낸 벗기어져서 마침내 무채를 베고 접시에 누웠을 때조차 비린내와 악취 제공의 의지를 참을 길 없었던 것인가. 비브리오균들과 나란히 서서 비블라 비블라 비블라모 비블라 껌파니를 합창해야만 했던 것인가.

나는 일 년의 삼백 일 술을 마시고, 육십 일은 술병 때문에 죽음을 떠돌고, 나머지 닷새만 딱 제정신으로 술을 마시는데 어라? 이거 좀 이상하네. 아무튼 일 년에 딱 닷새만 제정신인데, 이때 비로소 시와 사랑과 자유를 궁구하는 것이다. 그러하니 나머지 닷새조차 그냥 지상의 정신은 아니고 바야흐로 오소독스한 초현실주의의 쉬르하고도 레알한 정신을 구가하고 있는 셈인 것이다. 이 닷새 동안 어느 사막에서 나를 만난 사람은 나를 '고행의 수도승을 태우고 댕기는 당나귀 같은 자'라고 기억하고, 어느 별자리에서 나를 만난 사람은 '꿈꾸는 지렁이' 혹은 '죽은 발바닥의 추억'이라고 기억하고, 해거름 술집에서 만난 사람은 '피리 부는 서쪽 소년'이라고 기억하기도 하는 것이다. 그러나 그러한 그들의 기억이 나를 붙들어 세우지는 못하는 것이어서 나는 다시 삼백 일의 술자리와 육십 일 중음의 길로 나를 데리고 떠나게 되는 것이다, 조낸 폼나게!

그런데 술집엔 왜 가느냐고? 시와 사랑과 자유를 먹여 살리기 위해서! 라고 나는 용기 있게 대답할 수밖에 없는데, 나의 술안주가 시와 사랑과 자유의 먹이가 되는 '상상력'이 되길 기대하고 고대하기 때문인 것이다. 그러나 웬걸? 나는 일 년의 이백구십팔 일은 그만 내가 꼬질꼬질 모아두었던 상상력의 끄트머리마저 술값으로 빼앗겨버리게 된다.

그러므로 상상력이 발휘되지 못하는 일상이라는 것은 얼마나 모욕적인 작용과 반작용인가. 폐인이라는 '슬픈 천명'을 띠고 이 땅에 태어난 자라면 무릇 웃자라는 머리카락, 죽어가는 속눈썹, 자지러지는 겨드랑이털 하나하나마다 상상력의 푸른 매니큐어를 칠해서 정성껏 후까시를 넣어줄 수 있어야 마땅하지 않은가. 상상력이 죽어있는 손으로 밥을 벌고, 상상력이 죽어있는 눈으로 애인을 벗기고, 상상력이 죽어있는 뼈다귀로 해장국을 끓이고, 상상력이 죽어있는 손가락으로 조낸 페북질을 일삼는다는 건 이제 멸망이 저희 앞에 이르렀다는 것을 자백하는 것이 아닌가. 그러니 마침내 류근이여, 캐쓰레기 같은 글은 그 옛날 돈 벌어서 비행기 헌납하는 친일파처럼 청와대 게시판에 바치고, 무소의 뿔처럼 비싸게 팔려라! 소리에 놀라지 않는 클럽 죽순이같이, 그물에 걸리지 않는 방사능같이. 아아, 시바!

정말 나쁘게 오래

외로워서 죽을 거 같은데, 정작 기억나는 이름이 없다는 거……. 정말 나쁘게 오래 살았다. 내 탓이다.

쓰레기의 기운

'이곳에 쓰레기 투척하지 마시오!'라고 안내문 붙여져 있는 곳을 보면, 미안하게도 거기다 쓰레기 버리지 않으면 도대체 어디다 쓰레기를 버릴 수 있을까 싶은 곳이기 십상이다. 대개 그런 곳은 환경이나 분위기 자체가 쓰레기를 불러 모을 수밖에 없게 돼있다.

나에게 순 쓰레기 같은 일들이 몰리고, 순 쓰레기 같은 사람들이 몰리는 것도 생각해보면 다 내가 쓰레기장 같은 기운을 내뿜고 있기 때문이다. 쓰레기장 맹글어놓고 왜 쓰레기 버리냐고 분노하고 부르르 떨고 꼭지 돌리면서 뚜껑 여는 짓, 어리석기 짝이 없다. 쓰레기 불러 모으지 않으려면 내 안의 쓰레기장부터 해소하고 봐야 한다. 악취 때문에 질식할 지경이다. 시바,

분노의 선배

애인이 밀린 약속 해결하느라 나랑 안 놀아주고 저 혼자 불금의 도가니 속으로 사라져버리었다. 애인은 이제 확연히 묘연하고도 모호해지었다. 나는 나침반 잃어버린 순례자가 되어서 한꺼번에 고비와 사하라, 타클라마칸의 모래언덕을 타 넘는 중이다.

낮에는 편자를 박지 않은 낙타를 끌고서 아픈 사람을 문병하고 왔는데, 나는 속으로, 아픈 사람이 제일 건강하네, 라고 생각했다. 이쯤 무더우면 모든 생각들이 신기루처럼 황홀한 빛을 얻는다. 무게를 소유하지 않는 생각들은 아름답다. 그러나 한여름의 불면증은 어쩐지 세속적이어서 퍽 마음에 든다. 나는 한 여자를 용서하지 않은 채 만화방에서 뜨거운 물을 쏟은 적이 있다.

지구가 뜨거워지는 건 하느님이 지구에 꽂아놓은 전열 플러그를 깜빡 잊어서가 아니다. 이건 말하자면, 지구는 말 잘

듣는 콘센트가 아니다, 라는 말과도 연관성이 있다. 내가 지금 뜨거워진 건 당신이 꽂아둔 발열 플러그 때문이 아니다. 나는 그동안 분노를 너무나 많이 먹어놔서 이제 슬슬 그것들이 핵융합을 이룩하는 과정에 있다. 지구도 그동안 먹어둔 분노가 너무 많아서 어쩔 수 없이 부글부글 끓고 있는 것이다. 그래도 지구는 좀 참을성이 있어야 한다고 나는 오늘도 분노의 선배답게 그를 붙잡고 살살 달래고 있는 중이다. 참는 놈이 오래간다. 꾹 참고 살 일이다.

위대한 만트라

살다가 뭔가 절망적인 상황에 직면하게 되면, 본능적으로 스스로에게 암시를 걸었던 것 같다. 이건 내 인생이 아니야! 그러면 신기하게도 그 절망적 인생에서 벗어나게 되는 이적이 실제로 벌어지기도 하였다.

사람이 스스로 자기 인생을 부정하는 것은 일견 비겁하고 정직하지 않은 것처럼 보일 수 있겠지만, 나처럼 생애의 8할이 절망에 닿아있는 사람에게 그 암시는 나머지 2할의 가능성에 좀 더 많은 희망을 베풀게 하는 위대한 만트라였다. 그래서 나는 오늘 밤 또 내 영혼에게 조낸 외치는 것이다.

시바, 이건 내 인생이 아니야! 이건 내 인생이 아니다!

팽

"사랑하면 왜 다들 바보가 될까?"라고 어떤 애인이 물었다. 내가 마지막 술잔을 털어 넣으며 개폼에 극한 표정으로 대답해주었다. 사랑해서 바보가 되는 게 아니라 원래 바보였으니까 사랑 따위에 빠지는 거야……. 그러자 어떤 애인은 뭔가 크게 깨달았다는 시늉을 하면서 코를 팽 풀어버리는 것이었다. 나는, 우리 안주가 아직 남았는데 소주 한 병 더 시킬까? 라고 공손하게 물어주었다. 창밖으로 할증료 붙은 어둠이 휘청휘청 몸을 비트는 무렵이었다.

결핍의 메들리

들비가 생리를 한다. 벌써 두 번째다. 암컷인 개들은 생리가 곧 발정기라는데 며칠째 시무룩 힘겨워하는 몸짓을 보니 내 가슴이 미어진다. 새끼를 낳게 한들 놈들을 다 키워줄 수도 없고, 언제까지나 저 우울한 꼴을 거듭 지켜만 볼 수도 없고⋯⋯. 남들은 중성화수술이 답이라고 하지만 그게 어찌 하느님 보시기에 좋은 일이겠는가.

이러지도 못하고 저러지도 못하고, 우유부단한 가장을 만나서 들비는 얼마나 괴로울까. 나와 마주칠 때마다 '울지 않는 소녀' 같은 표정으로 더 슬픔에 극해있는 몸짓을 보면 내가 어쩌다 수컷인 개조차 못 되어서 들비에게 해줄 것 아무것도 없이 요 모양 요 꼴의 폐인에 멈춰있는가 싶어 비애롭기 짝이 없다.

그러나 들비여, 삶이란 어차피 결핍의 메들리 아니겠나. 아직까지 애인 백 명을 채우지 못한 나도, 살면서 수컷의 대쉬 한번 받아보지 못한 너도 외롭기는 마찬가지. 이 좋은 햇살 아래 우리 쓸쓸한 존재로 마주하였으니, 모처럼 짜파구리 한 냄비 끓여서 낮술이나 한잔하자. 이러거나 저러거나 삶, 실은 하느님 보시기에 다 좋은 거다. 밑질 거 하나 없는 목숨 아니겠나. 아아, 시바, 우리 바라보면서 급외로워질 하느님도 여기 와서 한잔!

쇼핑 중독

남편과 헤어지고 나서 1년이 넘도록 두문불출하며 온라인 쇼핑으로만 소일했다던 대학 친구를 알고 있다. 그녀는 분명 '이혼 이후'라고 말했지만 사실 나는 알고 있었다. 그녀가 이혼 전에도 이미 지독한 쇼핑 중독이었다는 사실을.

남편의 외도와 방기에서 비롯된 우울과 분노를 떨쳐내기 위해 온라인 쇼핑에 집착하던 그녀는 어느 순간 온라인 쇼핑몰의 세계를 주유하며 남편 따위 아예 잊고 공허한 중독 상태를 '탐닉'하고 있는 자신을 발견하게 되었고, 그러나 별로 자책이나 감흥이 있지 않았고, 그냥 이혼을 받아들이게 되었고, 별로 불행하지 않았고, 그냥 하던 대로 온라인 쇼핑을 위해서만 앉거나 눕게 되었다.

그러나 결국 뜯지도 않은 채 집 안 가득 쌓인 상품들 때문에 더 이상 앉거나 누울 공간이 생기지 않게 되었을 때 그녀는 내게 전화해서 딱 이렇게 말했다. 너 우리 집에 와서 딱 다섯 평만 개간해주고 가~!

치통에서 벗어나자마자 꼬리뼈 부상으로 인해 앉지도 눕지도 못하는 처지에 이르러서야 나는 비로소 온라인 쇼핑의 세계가 얼마나 신비하고 아름다고 친절하고 따스하고 평화롭고 은혜로운 세계인지를 알 수 있을 것 같다. 며칠 두문불출하며 우울과 불안과 불편과 분노가 엄습할 때마다 나는 그 옛날 야동순재님처럼 모니터 앞에 골똘히 붙어 앉아서 감자와 스포츠카와 가지와 당근과 해외 호텔 패키지와 오이를 고르고, 라면과 다시마와 미사일과 깔창과 핸드메이드 시계와 아령과 세제와 구두와 요가 매트와 비타민과 유산균제를 고르고, 들비를 위해 다이어트 사료와 수제 사료와 목제 개집을 고르고, 개껌과 살라미와 귀 세정제와 장난감과 애견 스파 패키지를 고르고 고르고……. 하루가 조낸 비좁다.

아, 조속한 시일 안에 꼬리뼈의 쾌유가 이룩되지 않으면 나도 어느 날 누군가에게 전화해서 딱 이렇게 말하게 되리라. 그대여, 어서 와서 딱 다섯 달 치 할부금만 막아줘~ 아아, 시바!

부끄러워요

갑 : 너 군대 안 갔다 왔지?

을 : 예비역 육군 병장인데요?

갑 : 그게 군대 안 갔다 왔다는 얘기잖아!

을 : 7사단 5연대 14중대 출신이에요.

갑 : 글쎄, 그걸 지금 변명이라고 하냐? 군대 안 갔다 왔
는 거잖아!

을 : 1987년에 갔다가 1990년도에 제대했어요…….

갑 : 너 내가 그럴 줄 알았어. 한눈에 보기에도 군대 안 갔
다 오게 생겼다고 생각했지.

을 : 도대체 그 군대가 어디길래 자꾸 안 갔다 왔다고 그
러시는 건가요?

갑 : 군대가 어딘지도 모르는 놈이 반성과 성찰부터 하지
않고 엉뚱한 소리를 해? 너 같은 놈 때문에 군대 다녀온 사
람들이 억울해지는 거야.

을 : 그러니까 그 군대가 어디냐구요?

갑 : 그걸 질문이라고 하냐? 너 무뇌아야? 네가 갔다 오지 않은 그곳이 바로 군대야. 이 멍청한 예비역 새퀴야!

을 : 예비역이 군대 갔다 왔다는 말인데…….

갑 : 넌 아무튼 구제불능이구나. 아직도 네가 군대에 갔다 오지 않았다는 사실을 인정하지 않고 변명만 일삼고 있는 꼴, 부끄러운지 알아야지!

을 : 부끄럽긴 하네요. 진짜 부끄러워요.

부끄러워서 비싯비싯 헛웃음만 난다. 측은하고 외로운 영혼들이 너무 많다. 너도, 너도, 그리고 나도……. 시바,

그게 지옥이지

세상일 참 뜻대로 안 되네라고 푸념하자 지리산 벽송사 사는 내 친구 원돈 스님이 빙글빙글 웃으면서 이러는 것이었다.

얌마! 세상일이 사람 뜻대로 되면 그게 지옥이지 세상이 겠냐? 부처님, 하느님 뜻대로 돼도 못 살겠다고 할 놈들이 시바!

이젠 중마저 시바, 라고 하네. 아오~ 시바,

뭐래?

스님, 중생들이 더워서 죽겠다는데요?

더운 데 있으니까 덥지. 추운 데 있어봐라, 춥지.

뭐래? 시바,

이왕 우는 거

방금 전에 양파 껍질 벗기다가 매워서 눈물이 조금 났는데, 눈물 난 김에 아까워서 그냥 울기로 했다. 이왕 우는 거 그 자리에 서서 한참을 울었다. 그러자 울기 전까진 세상에서 가장 슬프고 외롭고 측은한 사람이 나였는데, 울고 나니까 홀연 세상의 모든 것들이 다 슬프고 외롭고 측은하게 보인다. 갑자기 아무거나 다 용서하고 싶어진다. 가끔은 양파 껍질도 벗기면서 살아야 사람이 되는 거다.

통증

아픈 자리가 막 돌아댕긴다. 오른쪽 옆구리가 오래 아프
더니 별안간 오른쪽 무릎으로 통증이 이동해서 지팡이를
짚어야 하나 고민해야 할 만큼 통증이 멈추지 않는다. 그런
데 거기다가 또 어제부턴 허리까지 빠진 듯 아파와서 숫제
어그적 어그적 크로마뇽인처럼 걷게 된다. 아프니까 갱년기
인가…….

술에 며칠 풍덩 빠졌다 나오는 사이에 우울과 분노가
더 깊어져서 몸과 마음에 잔뜩 녹이 슬어버린 느낌이다.
『난중일기』에 보면 이순신 장군 또한 자주 심신의 고통을
토로하고 있는데, 말 그대로 '난중'의 장수로서 느끼는 부
담과 공포와 불안과 분노 등이 궐기해서 몸으로 드러난 것
이리라. 그런데 나는 도대체 이 시바세계의 난중에서 칼
한 번을 똑바로 빼어 들기도 전에 지레 전사 직전의 난항
을 몸소 실천당하고 있으니 언제 적들의 간과 쓸개를 씹으

며 통쾌히 웃을 날이 있으랴.

찬물에 머리를 감고 오늘은 약초라도 구하러 나서볼까.
대장금 닮은 애인의 손을 잡고 어그적 어그적 신신표 토끼
파스라도 구하러 나서볼까. 흩어진 뼈마디마다 횡횡 칼바람
이 지나간다. 아아, 삭신이여. 시바,

기로에서의 문학

오늘 아침에 읽은 책에는 이런 내용의 글이 나온다. 19세기, 프랑스 나폴레옹 군대가 러시아 모스크바를 침공해 올때, 포성과 공포 속에서 모스크바 시민들은 푸시킨 등의 문학작품을 더 많이 읽었다는 것. 물론 탈출하거나 술로 공포를 잊으려는 사람들도 있었지만, 대부분의 사람들은 문학작품을 읽으며 삶의 의미와 역사를 생각했다는 것. 삶과 죽음의 기로에서 문학과 문화는 비로소 더 빛나는 힘을 획득한다는 것.

내 귀에는 분명 암울한 시대의 포성이 들려오고 죽음의 긴박한 공포가 느껴지는데 왜 우리나라 시민들은 문학작품을 읽지 않는지 모르겠다. 푸시킨만 한 문인이 없기 때문일까. 시민이 아니라 다 나 같은 술꾼이거나 폐인이 되어버린 까닭일까.

시바, 아무리 그래도 8할쯤의 시민들은 책을 좀 읽어줘야

나 같은 술꾼과 도망자도 존재감이 생기는 거 아닌가. 8할쯤의 시민들이라도 좀 멀쩡하고 상식적이어야 나 같은 막장 폐인도 설 자리가 생기는 거 아닌가. 책 좀 읽자. 읽어도 문학 작품 좀 읽어주자. 문학은 죽어도 상관없지만, 문학을 읽지 않고 죽은 영혼은 하느님인들 구제할 수 있을 것인가. 내 시집이 아직 9쇄에 머물고 있다고 해서 이런 말 하는 거 절대 아니다. 시바,

진짜 절망

사랑하다가 가장 절망스러운 순간이 언제인지 알아? 글쎄, 언젠데? 내가 죽도록 사랑한 대상이 네가 아니라 언제나 나뿐이었다는 것을 깨닫는 순간이야.

그렇게 말하고 나서 나는 조낸 폼나게 결별을 이룩해준 적이 있다. 그런데 사실 나의 절망은, 그가 언제나 저만 죽도록 사랑하면서 그걸 모른다는 거였다. 시바,

서로 만난 적 없는데

　나 사실 언젠가 강의 평가에서 네 명의 학생에게 F를 받은 적이 있다. 그런데 참 우연찮게도 나 또한 그 네 명의 학생에게 F 학점을 준 다음이었다. 나는 강의실에서 그 네 명의 학생을 만난 적이 없다. 서로 만난 적 없는데 서로를 평가해서 F를 먹이다니! 대학 교육 진짜 문제 많다. 시바,

엄청난 관용의 시대

미국 메이저리그에 진출한 모 프로야구 선수의 성폭행 관련 뉴스로 여기저기 시끄럽다. 아직 사건의 진위가 밝혀지지 않았고, 유무죄 여부도 결정된 바 없으니 그것에 대한 판단은 추후로 미뤄도 늦지 않을 것이다. 그러나 배꼽은 비뚤어졌어도 애는 바로 낳고, 마당은 비뚤어졌어도 장구는 바로 치렀다고, 나 또한 입 가진 자로서 한마디는 해야겠다.

뭐? 밤 10시에 호텔 방에 혼자 찾아간 여자가 무슨 성폭행 운운하냐고? 데이트 애플리케이션으로 만난 여자가 다 그렇고 그런 거 아니냐고? 심지어는 그녀가 꽃뱀일 거라고? 아, 시바! 쪽팔려서 말 섞기도 거시기하다. 밤 10시에 호텔 방에 찾아가면 성폭행해도 되는 건가? 데이트 어플로 만난 여자는 성폭행해도 되는 건가? 데이트 어플로 만나서 밤 10시에 혼자 호텔 방에 간 후 문제가 생겨서 고소를 하면 자동으로 꽃뱀이 돼도 되는 건가? 같은 방 같은 침대를 쓰는 부부끼리도 상황에 따라 엄연히 성폭행죄가 적용되고, 매매춘 여성의 정조 또한 보호받아 마땅한 것인데, 합의되지 않은 일방적 성관계가 성폭행일 수 있다는 건 지극히 당연한 상식 아닌가. (오해하지 마시라. 지금 모 프로야구 선수가 그랬다는 이야기가 아니다. 그것을 바라보는 시각에 대해서 말하고 있는 것이다.)

성폭행보다 '강간'이라는 용어가 익숙했던 시절에 흔히 듣던 말이 있었다. 믿기지 않지만 우리가 그런 시대를 살았다. "피해자 여성의 스커트 길이가 짧아서 강간을 조장한 사정이 있으니 정상을 참작하여……" "피해자 여성이 평소 음주와 흡연을 즐기는 등 품행이 방정치 못한 정황이 있고……." 따라서 무죄 내지 끽해야 집행유예로 풀어주던 그 엄청난 관용(!)의 시대! 당한 여자에겐 반드시 당할 만한 이유가 있다고 믿던 사회적 편견의 공유 시대! 그런 왜구 노략질 같은 발상의 시대에서 한 걸음도 벗어나지 못한 인류들이 이렇게나 당당하게 살아남아서 다시 '표현의 자유'를 만끽하는 시대를 살고 있다는 데 참으로 경의를 표하고 싶을 지경이다. 한마디로 제정신들인가. 염치와 수치를 모르는 정치가 대중의 도덕적 백치 현상을 불러온다는 방증인가. 도무지 이러한 정서적 퇴행을 무엇으로 해석해야 할지 아가미가 답답해진다.

　이렇게 말한다고 해서 내가 무슨 중뿔난 여권 옹호론자라거나 여성주의자일 리가 없다. 더욱이 흠결 없는 도덕주의자일 리 또한 만무하다. 나는 그저 지극히 보수적인 통속 연애시인으로서의 양식과 상식으로 말하고 있는 것이다. 부디 좀 촌스럽게들 굴지 마라! 내가 좋으니까 너도 좋겠지, 니가 그러니까 내가 그랬지 식의 저능한 폭력성이 이 세상을 점점 더 개공장 뜬장처럼 만들고 있는 것이다. 나 또한 지금 회자되고 있는 모 프로야구 선수의 팬으로서 그의 결백을 빈다. 아아, 시바!

안 마시니까 좋다

술 안 마시니까 좋다. 아픈 데가 없어서 좋고, 잠을 다섯 시간이나 잘 수 있어서 좋고, 밥을 네 번씩 먹을 수 있어서 좋고, 갑자기 배가 나왔으니까 뒤뚱뒤뚱 걸을 수 있어서 좋고, 밀린 책들을 맨정신으로 읽을 수 있어서 좋고, 비참해서 쓰다가 만 시들을 다시 물끄러미 바라볼 수 있어서 좋고, 내가 나를 과잉한 연민의 눈으로 바라보지 않을 수 있어서 좋고,

사랑하고 이별한 사람들에 대해서 조금 덜 아픈 마음으로 추억할 수 있어서 좋고, 왜곡된 공포의 작용들에 대해서 적당히 거리를 둘 수 있어서 좋고, 전철을 타고서 멀리 누군가를 만나러 갈 수 있어서 좋고, 사람들의 고독을 감각으로 느낄 수 있어서 좋고, 내가 나를 조금 용서할 수 있을 것 같아서 좋고, 내 불행이 나에게 칼날처럼 서슬을 빛내지 않아서 좋다. 참 좋다.

그래서 오늘도 나는 내 후배 김바흐(신희진)의 '문학수첩 신인상' 시상식에 가서도 육군 칠성부대 출신답게 사이다 한 캔으로 버틸 것이다. 비가 와서 꼬셔도 절대로 안 마실 것이다. 세상에 내리는 비는 결국 지나갈 거니까. 그리하여 바야흐로 아아, 이 몸이 금주하심도 역군은이샷다! 시바, 시바, 조낸 시바!

맨정신이 돌아온다는 것은

술 끊고 연애 끊고 전생과 내생에 관한 추억과 전망마저 끊어버리자 내 안의 폐인이 환히 보인다. 내가 날마다 데리고 가서 생애의 온갖 폭력에 길들여왔던 육신은 술에서 풀려나자 과연 도리언 그레이의 초상처럼 일그러진 표정을 청구한다. 스스로 납부하고 영수한다.

고통을 들여다본다는 것은 스스로 고통과 화음이 되는 악보를 갖추고 있다는 것. 나는 그러한 악보에 몸 바치기 위해 위선과 위악의 건반들을 장착하고 날마다 이 바닥에서 저 변방까지 유려하고 장려한 음악들을 날려 보냈다. 그러나 내가 날려 보내는 음악은 존재의 이 끝과 저 끝에서만 진동하는 높이를 가졌으므로 아무도 이 지상에서 정작으로 알아듣지는 못하였다. 어디에서도 팔리지 않는 명왕성의 두 메양귀비꽃 같은 것이었다.

맨정신이 돌아온다는 것은 이런 것이다. 특정할 수 없는 불안과 우울에 심장을 대여하는 일. 분노와 열정을 구분할 줄 아는 일. 비로소 이 삶의 끔찍하고 괴기하고 고요한 공포에 가만가만 귀를 기울이는 일. 술 끊은 지 닷새 됐고, 연애 끊은 지 두 시간 됐다. 이제 슬슬 또 시작할 때가 되었다. 시바,

이봐요! 저기요~

　열대야 때문에 요즘 절대적으로 수면이 부족한데 정확히 아침 8시 59분부터 창문이 깨질 듯한 소음이 들려온다. 우리 집 뒤에 있는 빤스회사에서 뭔가 공사를 하는가 본데 하필이면 내가 잠자는 방에서 겨우 직선거리 8미터다. 거 뭐 이름은 모르겠지만 뚜다다다다, 하면서 콘크리트 바닥을 깨는 금속성의 장비 소음이 다섯 시간째 영혼을 두들겨 패고 있다. 덩달아 견고한 숙취의 이력마저 굴삭이 될 판이다. 이래서야 살겠나, 한여름에 소음과 먼지 때문에 창문도 못 열고~ 아무리 동네 공사라도 그렇지 최소한의 방음 방진 조치는 필요한 거 아닌가. 도대체 저 공사를 언제 끝낼 참인가. 이런 식이면 곧바로 구청에 민원을 제기하는 수밖에 없는 거 아닌가……. 씩씩 막 이래가며 결국 일하는 분들에게 항의하기 위해 창문을 열었다.

나 : 이봐요, 아저씨!

작업자 1, 2, 3 : (안 들린다.)

나 : (더 큰 소리로) 여보세요~ 아저씨~!!!

작업자 1 : (그제야 멀뚱멀뚱 쳐다본다. 땀 뚝뚝.)

작업자 2 : (장비 작동하는 분에게 손사래를 친다. 땀 뚝뚝.)

작업자 3 : (뚜다다다다, 하는 장비 작동을 멈춘다. 땀 뚝뚝.)

나 : 저기요~ 우리 집에 안 뜯은 게, 게X레이 한 병 있는데 드실래요?

작업자 1, 2, 3 : (뭐래?)

아무튼 나는 류근이니까

　고딩 때 나는 날마다 집에서 학교까지 갈 차비를 걱정해야 할 만큼 조낸 전형적 서울 빈민가 지방 이주민 2세였다. 2세였는데, 거참 이상하지. 학교건 어디서건 누군가 약한 아해들을 괴롭히고 있으면 거의 반 미치갱이처럼 달려가서 눈을 부릅뜨고 고요히 말했었다. 나, 류근이야⋯⋯.

　나, 류근이야라고 말하고 나면 거의 99퍼센트는 전의를 상실한 채 내 번뜩이는 눈빛 아래서 슬슬 꼬리를 사리곤 했었다, 라고 말하고 싶지만 거참 이상하지. 대부분의 인간들은 머라고? 머라고? 하면서 대가리에 달린 귀를 내 코끝에 내밀면서 그 시큼한 냄새를 확인하게 하곤 하는 것이어서 시바,

　결국 내가 류근인 것을 서로 명함도 없이 확인하게 되는 꼴을 피를 닦으며 확인하게 되는 꼴을 서로 확인하게 되는 꼴을 서로 명함도 없이 확인하게 되는 뭐 막 그런 결과에 늘

봉착을 하였던 것이었다. 것이었는데,

그럼에도 불구하고 나의 '나 류근이야' 정신은 죽도록 죽지 않아서 지금토록 시큼한 귀 냄새와 피의 명함도 없는 꼴의 명함도 없는 꼴을 감당하게 한다.

세상에서 가장 가난했던 경상북도 문경산(産) 과부 어머니는 내가 어떠한 일탈의 끄트머리에 섰을 때에도 늘 "너는 류근이데이~"라고 이름을 가르쳐주곤 하셨는데, 사실 나의 어머니는 나처럼 류가도 아니고 청주 한씨였다. 그래서 나는 불행할 때 불행하지 않았고, 절망일 때 절망하지 않았다. 비겁하고 싶을 때 비겁하지 않았다. 나는 류근이니까. 그게 무슨 뜻인지 모르지만 아무튼 나는 류근이니까.

세상은 참 한심하고 어리석게도 내게 늘 비겁의 흐린 손을 내밀길 원한다. 하지만 나는 지치지 않고 대답한다. 나, 류근이야……. 어제도 오늘도 잊지 않고 대답한다. 나, 류근이야……. 이러한 자백의 앞날에도 꽃은 피겠지. 나, 류근이니까. 시바,

흐린 벽을 바라본다

애인은 먼 나라의 뒷골목에서 모기들에게 피를 빼앗기고 있고, 나는 흐린 방에서 빗소리에 뼈가 부서지고 있다. 갑자기 불안해져서 먼지를 잔뜩 뒤집어쓴 채 잊히고 있는 잉크병을 찾아내 만년필에 수혈을 한 후 천천히 내 이름을 써본다. 내 이름 단 두 글자, 참으로 고요하고나. 그러나 내 이름 두 글자가 끌고 온 이력은 얼마나 불우하고 불편하고 불운한 것인가. 현재는 또 얼마나 불온하고 불순한 것인가.

나는 내 이름이 부르는 내가 듣고 싶지 않아져서 다시 빗소리에 뼈를 맡긴 채 흐린 벽을 바라본다. 아, 그리움조차 고달픈 세월이여. 나는 너무 일찍 술집에서 돌아와 다시 제정신에게 들켜버린 것이 아닌가. 빨리 어떻게든 내가 나를 놓쳐버려야 한다. 머릿속에서 붉은 잔들이 응앙응앙 운다.

멀리 왔구나

서울로 이사 와서 주로 독립문 근처에서 살았다. 사춘기와 청춘의 책장이 거기서 비를 맞았다. 지독하게 외롭고 가난했다. 외롭고 가난한 어머니와 함께 살았다.

독립문 영천시장에 오면 아직도 울컥 목울대에 걸리는 국숫발이 있고, 코끝이 매워지는 헌책방 먼지가 있다. 나 이제 한 개도 안 외롭고 한 개도 안 가난한데도 여기 오면 외로움과 가난의 버릇이 헌 빨래처럼 펄럭이며 아는 체를 한다. 나는 과거를 잊은 여인처럼 고개를 흔든다. 안녕, 안녕. 나는 이제 돌아갈 수 없이 멀리 왔구나. 너희는 너희끼리 살렴. 내겐 아직 더 건너가야 할 고통과 감미롭고 먼 그리움이 남겨져있다.

울어도 울어도 비가 오네

가을비 이렇게 내리면, 추석에 《소년중앙》 사가지고 오신
다던 우리 아버지는 어디서 비에 젖으시나. 별책부록은 어
느 옆구리에서 비를 맞나. 나는 육성회비 빈 봉투를 곱게 접
어 종이배를 만들고, 비에 젖어 머리카락 풀어 헤친 강물
에 나아가 노래를 불러야지. 이 몸이 새라면, 이 몸이 새라
면…….

비야, 오려거든 절름발이 아버지는 말고, 말더듬이 작은형
도 말고, 딱 슬프고 슬픈 내 머리 위에만 내려다오. 비의
악보를 타고 나도 세계의 끝으로 지워지고 싶구나. 우산 없
는 풀꽃으로 아주 저물고 싶구나.

울어도 울어도 비가 오네. 열두 살 류근.

이런 햇살

좀 전에 들비랑 공원 산책하는데 앞에서 걸어가던 한 젊은 여인이 걸음을 멈춰 서더니 핸드폰을 들여다보는 것이었다. 내가 세 바퀴를 돌도록 그 여인은 한자리에 멈춰 서서 계속 문자를 주고받는 것 같았다.

들비가 하도 걷지 않으려고 떼를 쓰길래 결국 산책을 멈추고 그냥 집에 오다가 보니까 약 삼십 분 가까이 문자를 주고받던 여인의 얼굴에 온통 눈물이 범벅이다. 9월의 햇살이 이토록 푸르른데 눈물로 그 햇살을 다 반사시키는 슬픔이라니……. 나도 문득 걸음을 멈추고 주저앉아서 울고 싶었다. 이런 햇살 아래선 까닭 없이 울어도 그냥 다 괜찮을 것 같다.

5장

너무 쉽게 상처가 되는 사람

여리고 상처받은 그대에게

뭔가를 써보겠다고

　뭔가를 써보겠다고 이 시간까지 밤새 앉아서 모니터를 노려보았으나 단 한 줄도 남기지 못하였다. 밤새 헛짓만 하고 이게 뭐람, 이라고 탄식한다면 그건 베스트셀러 시인 류근의 자세가 아니다. 나는 밤새 하느님이 주신 시간을 느끼며 내가 아는 세상의 언어들을 불러다가 악수라도 한 번씩은 건네본 것이니까. 그러면 언어들은 또 나를 기억하여서 멀리 도망치지도 못하고 내 곁을 맴맴 맴돌다가 어느 날 내가 호명하는 소리에 반갑게 푼수처럼 달려와 얼른 몸과 마음을 내어줄 테니까. 나를 아조 버리지 못한 채 내 생애에 머무는 옛날 애인들의 차갑고 따스하고 부드럽고 나쁜 기억들처럼.

　오늘은 열일곱 살 가을날 나를 매혹하고 혼절케 하던 李箱(이상)의 저 불세출의 비명 소리, "박제가 되어버린 천재를 아시오?"라는 말이 아침부터 나를 힝힝 불러 세운다. 금홍

이 옆방에 세 든 청년처럼 나도 어서 이 아름답고 몽롱한 세상에 각혈이나 한 사발 하러 갈까. 단풍잎 곱게 물든 길 위에 나도 나의 순결한 피를 물들여볼까. 아아, 11월이여, 11월이여, 그 무엇도 오지 않는 시절이여.

뭔가를 써보겠다고 2

 12만 년 만에 하루 종일 시를 썼는데, 치사하게도 마지막 한 줄이 해결 안 돼서 몇 시간째 미치고 있다. 내가 이래서 시인 때려치우고 일찌감치 폐인한 거다. 내일까지 마감인데……. 시바, 개도 안 먹는 시 따위!

바다 앞에서

사랑해요, 라는 고백조차 파도를 보내서 나 대신 울어주
는 바다.

제발 아프지 마시라

방송 끝나고 학기 끝나고 네 봉다리의 라면만 남았다는
걸 어찌 알고 마침 동네 친구가 입원을 해서 3박 4일 간병인
알바 뛰고 나왔더니 세상에 대해서 새삼 시무룩해진다. 병원
에 가면 웬 아픈 사람들이 그렇게도 많고 아프지 말아야 할
사람들이 그렇게도 많은가. 나는 또 왜 맨날 덩달아서 존재
가 아픈가.

2인 병실에 간신히 입원을 해있는 동안 세 명의 환자가 옆
침대를 거쳐갔다. 병명을 알 수 없는 1인이 다른 병실로 옮
겨간 후 들어온 환자는 70대의 영감님이었다. 전립선암이 발
견돼서 이튿날 아침에 수술이 예정돼있다고 했다. 처음엔
부인과 아들, 며느리와 함께 오셨는데 곧 다 가버리고 영감
님 혼자서 밤을 보내셨다. 수술을 위해 장을 비우느라 밤
새 고생이 심하셨다. 나 또한 잠을 설쳤다. 그러나 그 영감
님은 혼자서 의연하셨고 씩씩했다. 방송을 통해서 본 내

얼굴까지 기억하는 등 총기도 넘치셨다. 수술실에도 간호사와 함께 뚜벅뚜벅 걸어가셨는데, 참 비현실적인 그림 같아 보였다.

아무튼, 수술을 마친 후 아직 마취에서 덜 깬 상태로 다시 옆 침대로 돌아오셨을 때 아들 둘과 며느리 둘이 다 병실에 도착해있었다. 간호사는 금식 시간을 알려주며 가급적 잠을 재우지 말고 계속 말을 시킬 것을 당부했다. 그러자 아들 하나가 영감님에게 뭐라 뭐라 말을 시켰는데, 정신이 아직 혼미한 가운데 들려오는 대답은 말소리가 아니라 울음소리였다. 처음엔 낮게 들려오던 울음소리가 점점 더 커지고 길어지더니 나중엔 깊이 상처받은 짐승의 울음소리처럼 들려왔다. 나는 곧 그 울음소리의 의미를 짐작하곤 마음이 무거워졌다. 영감님은 그동안 무섭고 외롭고 서러웠던 것이다.

아무리 의연한 척, 아무것도 아닌 척, 가벼운 척 했어도 속으로 혼자서 감당해야 했을 공포와 외로움이 얼마나 깊었을까. 자식도, 반려자도, 하느님도, 결국 그 누구도 대신 살아줄 수 없는 삶의 빛과 그늘을 다 살아내기 위해 우리는 얼마나 깊고 높은 울음을 견뎌야 하는 것일까. 친구의 수술은 잘 끝났고, 다행히 나이롱환자 흉내 내다가 잘 퇴원했다.

앞으론 아무리 라면 네 봉다리밖에 안 남아서 생존이 위태
로워도 간병인 알바만큼은 안 하고 싶다. 그러니까 누구든
제발 아프지 마시라. 아프다고 연락하고 그러지 마시라. 그
순간 명왕성으로 망명해버릴 테다. 시바,

겨울만 남았네

　겨울엔 춘천시 후평동 끄트머리 자취방에서 아직 몇 년째 휴학 중인 절름발이 친구와 사나흘 술이나 마시면 좋겠네. 연탄불은 가끔 꺼지고, 입김이 서로의 얼굴을 가리는 흐린 방에서 산 너머 동쪽에서 온 여인과 또 그의 젊은 애인과 실직한 후배와 이렇게 꾸벅꾸벅 졸며 양미리를 구우며 막걸리 병을 쓰러뜨리며 어떤 기다림에 온종일 귀를 기울이면 좋겠네.

　술만 먹다가 죽은 후배 이야기를 하면서, 불운한 연애 끝에 죽은 여인 이야기를 하면서, 술집에서 헤어진 후 영영 소식 끊긴 친구들 이야기를 하면서, 아직 살아남아 양미리를 굽는 우리들의 손등을 바라보리. 취해가는 인생을 바라보리. 아직 파랗고 선량한 가난과 비참을 바라보리.

　그러나 춘천시 후평동 끄트머리 자취방이여, 절름발이 친구여, 이제는 다 지워지고 그 자리에 겨울만 남았고나. 이름

부르면 곧 달려올 것 같은 우리들의 가난과 비참만 남았고
나. 고지서 같은 세월이, 독촉장 같은 인생이 쓰러진 막걸리
병처럼 도처에 나뒹군다. 아아, 시바.

눈길

앓는 사이에 제법 많은 눈이 내렸다. 가끔씩 멈춰 서서 아픈 나를 확인하며 가는 눈길. 비틀거릴 때마다 줄의 긴장을 팽팽히 끌어당기며 중심을 버티어준다. 누가 누구의 밥을 주고 물을 주고 씻기어주는 존재인가. 모든 약속을 놓아버린 채 그냥 마음 편히 앓기로 결심한다. 온 우주가 고요하다.

이상하다

"아들아, 네가 지금 무슨 일을 하고 있는지 알고 있다면, 그건 다 옳은 일이다"라는 말을 나는 어디선가 읽은 기억이 있다. 나의 어머니는 그런 문장을 읽지 않으셨겠지만, 내게 늘 그러한 사고와 행동의 '틈'을 주시려고 노력한 분이었다. 나는 전국의 모든 '문제 청소년' 대표급에 해당하는 문제적 인류였으나, 늘 무엇인가 현실의 부조리와 다른 이상적 대안을 궁구하는 일로 하루하루가 괴롭고 무거웠다. 그러나 고백건대, 나는 괴롭고 무거운 나를 데리고 다니느라 늘 허겁지겁 괴롭고 무거웠을 뿐, 내가 '지금' 무엇을 하고 있는지 잘 알지는 못했던 것 같다.

꽃이 피고 비가 내리고 더러는 가을도 오고 봄이 오고 눈이 내렸으니 세월이 흘렀겠지.

아직도 나는 내가 '지금' 무슨 일을 하고 있는지 잘 알지 못한다. 그러나 세월이 흐른 만큼 내가 알 수 있는 것은, 내가 지금 무슨 일을 하고 있는지 늘 그 '지금'을 조금씩 의식하려고 애쓰고 있다는 것이다. 그런 것은 국정원도, 농촌지도소도, 지저스 크라이스트도, 남묘호렌게쿄도 가르쳐줄 수 없는 일이다. 나는 어머니가 펼쳐놓은 보자기 위에서 지난번 제사 때 묻은 떡가루를 조금 핥는 어린아이 같으다.

그런데, 이즈음에 이르러서 나는 조금씩 내가 무엇에 슬퍼하고 고통스러워해야 하는지 알아지기 시작한다. 이거 참 곤란한 일……. 나 같은 낭만주의자는 뭔가를 '아는' 사람이 아니라, 뭔가를 '느끼는' 사람 아닌가. 그럼에도 불구하고,

아아, 시바. 자꾸만 뭔가 고백하고 싶어진다. 자꾸만 물구나무 서서 외치고 싶어진다. 나라가 이상하다. 나보다 더 이상하다. 시바, 시바, 조낸 시바.

큰 마음을 잃다

우산도 없는데 비가 내리네. 나는 이 아침에 어느 장례식 성당에서 하염없이 울었다. 친구를 잃은, 아아, 무엇인가 큰 마음을 잃은, 나의 늙고 멀어진 선생님의 눈물이 내 슬픔을 깨운 것이다.

생애에 다시 오지 못할 이별이라니……. 나는 어쩌면 생애의 마지막으로 그의 늙고 멀어진 어깨를 껴안으며 또 울었다. 영문도 모른 채 늙고 멀어진 그가 나를 따라서 또 울었다. 아아, 흰 천에 덮인 기인 관이 지나갔다.

남겨진 사람

어느 해 9월에 나는 몹시 슬픈 사람이었다. 몹시 슬퍼서 영혼의 평균대를 제대로 건너갈 수 없었다. 내가 나를 데리고 자주 실족하러 갔다. 믿는 것은 나였는데, 나는 그것을 끊임없이 '너'에 대한 믿음이라고 믿었다. 내가 내 믿음에 발등을 찍고 눈멀고 귀 멀어 있었으므로 네 슬픔이 보이고 들릴 리 없었다. 내 믿음대로만 슬프고 또 슬펐다.

세상에 와서 몸 따위 마음 따위 함부로 버려버릴 수도 있다는 것을, 그게 하필이면 너일 수도 있다는 것을 믿지 않았다. 나는 몹시 '나'만 믿는 사람이었다. 그래서 몹시 슬픈 사람이었다. 슬픔에 칼이 서고 날이 자라서 나는 내 슬픔에 목을 잃었다. 그때 목숨조차 잃었어야 옳았다. 나는 떨어진 목을 어쩌지 못한 채 중음의 허깨비가 되어 남겨졌다. 하루하루가 아무것도 아니거나 날마다 처음 겪는 슬픔이거나 더 큰 슬픔이거나 슬픔조차 아니었다.

나는 미망인이었다. 따라 죽지 못한 채 남겨진 사람이었다.

그리고 나는 내가 얼마나 긴 기억력을 소유하고 있는지, 중독의 체질인지 잘 알고 있다. 14년 11개월 29일 금주하고도 술 한잔 들어가자 다시 어제인 듯 나쁘게 취하는 술꾼처럼.

국화 한 송이

어느 가을날이었을까. 어머니가 국화 한 송이를 사 들고 들어오셨단다.

큰누나 : 엄마, 우리 쌀이 다 떨어졌는데.

엄마 : 안다.

큰누나 : 그런데 웬 국화.

엄마 : ······.

한 40여 년 동안 나는 우리 남매들에게 '철없는 엄마'에 대해서 귀에 딱지가 생기도록 듣고 들었다. 새끼들을 다 굶기면서도 꽃을 사 들고 들어오는 철없는 과부 엄마······.

어머니 돌아가시기 한 두어 달쯤 전에 문득 말씀하셨다.

엄마 : 그날 쌀을 사러 나갔는데 반 봉다리도 살 돈이 없었다. 외상도 너무 많아서 더 어떻게 애걸할 면목도 없더구

나. 딱 국화 한 송이 살 돈이 있길래 그걸 샀지. 내가 나를 위로할 방법이 그것밖에 없었거든.

나도 오늘 나를 위로하기 위해서 국화빵이라도 한 개 살까. 세상에 남겨진 내가 참 서럽다. 시바,

늙은호박김칫국

몸이 추우니까 마음이 춥고, 마음이 추우니까 세상이 멀다. 세 장의 이불을 덮고 이틀을 무덤처럼 앓다가 일어나 앉는다. 또 어느새 세상의 변방으로 나를 업고 온 우울이 툭툭 옷깃을 턴다. 더 어디까지 업힐 거냐고.

겨울 추위가 코를 비틀 무렵이면 어머니는 늙은 호박을 구해다가 김칫국을 끓여서 주시곤 했다. 평소엔 전혀 입도 대기 싫었을 단맛과 신맛의 불화가 신기하게도 추위와 어울려 빨갛게 끓고 나면 몸과 마음이 따뜻해지는 조화의 음식으로 승화됐던 기억이 난다. 자주 먹던 국이 아니었는데도 날이 춥고 몸이 아프니까 문득 어머니표 '늙은호박김칫국' 생각이 간절해진다.

제주도에서 유기농 가장자리농원을 경영하고 계신 박성인 대표님께서 보내주신 늙은 호박을 한 시간 걸려 자르고 껍질을 벗겨서 간신히 한 솥을 끓여내었다. 눈물인지 땀인지 모를 것이 그릇에 흘러내려서 먹는 동안 좀처럼 한 대접이 잘 줄어들지를 않는다. 겨울이 다 가도록, 우울이 다 가도록 나는 '늙은호박김칫국'을 끓이게 될 것 같다. 맛에도 눈물겨운 맛이라는 게 있다. 울음에 겨워서 먹는 저 빨갛고 시고 달고 매운 위안의 국물 한 그릇.

먼 봄날의 허기가 생각나서

아프리카 탄자니아의 소녀 두 명이 나란히 안부 편지를 보내왔다. 후원 단체에서 '의무적'으로 쓰게 한 것이겠지만, 막상 이런 것이라도 받고 보니 반갑다. 저 소녀들은 전에 자랑질한 바와 같이 내가 5, 6년 전 담배 끊고 나서 담뱃값 대신 매달 각 3만 원씩 후원하고 있는 소녀들이다. 알파벳으로 쓰여져 있지만 내용은 아프리카 말이어서 자원봉사자께서 해석을 붙여 왔는데 한 소녀는 축구를 좋아하고, 또 한 소녀는 생선 요리 먹는 것을 좋아한단다. 나는 속으로, 더운 나라에서 축구 같은 거 하고 나면 금세 배고파질 텐데 둘이 함께 생선 요리를 먹을 수 있으면 더 좋지 않을까 생각했다. 저 두 소녀가 서로를 아는지는 잘 모르겠다.

봄날에는 왜 허기가 유난히 더 길고 구체적이었는지 지금도 알지 못하겠다. 아지랑이 속에 가물거리던 먼 봄날의 허기가 생각나서 가난한 아프리카 소녀들의 안부가 더 눈물겹

아 동 번 호
회 원 이 름

아 동 번 호
아 동 이 름 ·
영 문 이 름 · S
국적/사업장명 · 탄자
생 년 월 일 · 2005
성 장 정 도 · 키 · 1

결연아동소식과 지원상황
아동은 초등학교에 다니고 있
건강한 편입니다. 아동은 마
좋아합니다. 그리고 친구들과 4
아버지입니다. 그리고 친구들과 이
아동은 어머니의 사랑과 보살핌과 따
한 해 동안 회원님의 도움으로 마
감사드린 마음을 전하였습니다. 그러
주간보호센터건축 주간보호센터운
직업교육 등이 지원되었습니다. 처음
감사드립니다. 재조사 결과 정확한 부
회원님의 평해 부탁드립니

회원님의 따뜻한 사랑으로
아동이 이렇게 성장했습니다.

회 원 이 름

아 동 번 호 · TZA-0102-C01328
아 동 이 름 · 레헤마 라쉬디
영 문 이 름 · Rehema Rashidi
국적/사업장명 · 탄자니아 / 마달래 지
생 년 월 일 · 2001년 09월 19일
성 장 정 도 · 키 · 147 cm / 몸무

결연아동소식과 지원상황
아동은 초등학교에 다니고 있습니다. 특별
건강한 편입니다. 아동은 매사에 적극적이
좋아합니다. 그리고 친구들과 공놀이하는
부모님과 함께 살고 있습니다. 아동은 한 t
교육 학용품 급식 위생용품 등을 지원받이
전하였습니다. 그리고 아동이 살고 있는 지
주간보호센터운영 학교건축 급식서비스 우
지원되었습니다. 회원님의 지속적인 사랑이

다. 하루 담뱃값도 안 되는 돈으로 "저는 지금 행복합니다. 저를 후원해주셔서 고맙습니다"라고 편지 썼을 소녀들의 까만 손이 떠올라서 더 눈물겹다. 꽃이 지는 시절엔 이래저래 눈물 조심하고 살아야 한다.

붐빈다

내가 사랑해 마지않는 지즈배 후배가 이런 메시지를 보내
왔다.

"도시로 갈 거임. 외로워. 내가 있는 데는 풀도 좀 있고 깻
잎도 있는데 풀벌레처럼 외로워."

아아, 늬는 풀벌레처럼 외롭고나. 나는 이 거대한 도시에
서 바퀴벌레처럼 붐빈다. 시바,

붐빈다 2

아무것도 바라보지 않고, 듣지 않고, 말하지 않고, 생각하지 않고, 잠자코 딱 삼십 분 멈춰있는 일조차 불가능할 만큼 나는 붐빈다. 이렇게 가속도를 붙여서 속물이 되어가면 그 극점에 이르러 탈속의 미래도 행여 보일까. 고달프다, 마음이여. 지지 않는 공포여. 아아, 시바.

씻지 못한 마음

　새벽 무렵에서야 까무룩 간신히 잠들었으니까 좀 더 잤어야 했는데 시바, 자다가 주먹이 아파서 화들짝 깨어나 손을 보니까 오른손 약지 마디가 벗겨져서 피까지 난다. 꿈속에서 군대 시절 고참을 만났는데 나보다 5일 먼저 군대 온 친구가 어쩌다 고참으로 정해져서는 제대하는 날까지 부단히 대접만 요구하던 사람이었다. (심지어 나이까지 어렸다.) 꿈속에서 또 야비한 고참질을 하면서 인간 아니게 굴길래 "너 이쉐이 잘 만났다. 안 그래도 손 한번 보려던 참이었다" 하면서 가까이에 있던 목검을 휘둘렀던 것인데, 잠결에 정말이지 사정없이 실제로 주먹을 휘둘렀다가 벽을 때리고 만 것이었다. (옆에 사람 있었으면 자다가 큰일 치를 뻔했다.)

　제대한 지 25년이 지났는데도 아직까지 이런 분노를 간직하고 산다는 거…… 이거 참 슬프고도 쪽팔린 일 아닌가. 비가 저토록 푸르게 내리는데 씻지 못한 마음들 끌어안고

서 전전긍긍하는 꼴 참으로 가소롭기 짝이 없다. 오늘은 그
래서 맨정신으로 빗소리 들으며 책 두 권 읽는 것으로 내가
나에게 벌을 주련다. 때로는 비 오는 날 술 안 마시는 파격
도 좀 보여주면서 살아야 사람 되는 법이다. 시바,

너무 쉽게 상처가 되는 사람

때로는 존재하는 것만으로도 누군가에게 상처가 되는 사람이 있다. 살아보니 내가 그렇다. 아아, 시바.

외로워서 그러는 거다

누구와 만나서 어떻게 놀고 있다고, 무엇을 먹고 있다고, 어딜 갔다고, 뭘 샀다고, 지금 내 모습이 어떻다고 상습적으로 사진 찍어서 도배질하는 분들에 대해서 염증과 혐오의 심정을 참지 못하는 분들 계시다. 쫌 그러지 마시라. 다들 외로워서 그러는 거다. 나도 외로워서 들비한테 시집에 실을 수 없는 시를 열한 편이나 울면서 읽어준 적 있다. 아아, 시바!

외로운 거잖아

며칠 전에 홍대 근처 '제비다방'에서 낮술 마시고 있는데, 소설가 이외수 선생님한테서 전화가 왔다. 우리는 핸드폰 액정에 서로의 이름이 뜨는 순간 통화의 목적을 미리 아는 사이이므로 굳이 많은 말을 하지는 않았다. 그날은 하늘이 유난히 푸르고 구름빛이 또 더없이 맑았을 뿐이다.

이외수 : 가을이다.

류근 : 여기도 가을이어요.

이외수 : 외롭다.

류근 : 그 대사를 먼저 써먹으면 안 되는 거잖아요.

이외수 : 나는 여기서 외롭고 당신은 거기서 외로운 거니까…….

류근 : 저는 한 개도 안 외로워요. 애인이 지금 여기 네 명이나 있어요.

이외수 : 그거 진짜 외로운 거잖아.

류근 : 그걸 어떻게 아셨어요?

이외수 : 외롭다.

류근 : 아, 시바…….

이외수 선생님은 이번 계간 《소설문학》 겨울호에 모처럼 단편소설 한 편을 발표하신다고 한다. 원고료 받으면 오골계 도리탕 한 냄비 사주시려나. 시 한 편 못 쓰고 한 계절 지나가는 나만큼 외로운 사람 조국에 없다. 시바,

안 죽었다

　외로워서 죽을 것 같았는데 한 번도 안 죽었다. 앞으로도
그래야지.

농업인의 날

어제는 '농업인의 날'이었다. 빼빼로를 단 한 개도 받지 못한 나는 전 세계의 모든 농업인들을 위로하고 축복하고 존경하는 뜻에서 조촐히 기념식을 가졌다. 농민을 기념하는 뜻으로는 오골계와 각종 버섯을, 찬조 출연한 어민을 칭찬하는 뜻으로는 가거도산(産) 도미와 갈치, 전복과 낙지를 먹어주었다. 전 세계의 모든 농어민들께서 내 술상 위로 달려나와 함께 기뻐해주시는 밤이었다.

하지만 기념식이 끝났을 때, 이 모든 비용을 감당한 것은 나보다 코가 커서 늘 코감기만 걸리는 시인 이병일이었다. 뭔 국가 세금으로 주는 상금을 받아서는 그걸 참지 못하고 이렇게 전 세계의 농업인과 비루한 시인들을 위해 용감무쌍히 먹을 것을 베풀어준 것이었다. 눈물겹다. 시인에게 뭔가를 얻어먹는 일은 마치 늙은 어머니의 은가락지를 뺏어서 낮술 마시는 기분이 든다. 그래서 나는 나의 술을 얻어 마시는 사람들 마음 불편하지 말라고 날마다 골고루 폐인의 면모를 갖추어가는 것이다. 날마다 평화롭게 시인을 버리는 것이다.

해장라면을 한 냄비 끓여 먹고서 아아, 나는 또 오늘의 술과 오늘의 외로움과 오늘의 쓸쓸함을 맞이하러 가야지. 추워지니까 또 옛 자취방 빨랫줄에 널어두고 온 수면양말 생각이 난다. 그거 겨우 4년 신은 거였는데, 시바.

울음이 운명이다

　요즘 나는 아무 때나 운다. 아무 데서나 운다. 횡단보도 앞에서도 울고, 은행골 초밥집 앞에서도 울고, 태극기 펄럭이는 초등학교 담장 밖에서도 울고, 치킨 배달 오토바이 뒤에서도 울고, 한강이 보이는 언덕배기에서도 울고, 들비와 함께 걷는 길 위에서도 울고, 혼자 마시는 술잔 앞에서도 울고, 자다가 깨어나서도 울고, 아침에 일어나 양치질을 하다가도 울고, 울고 싶지 않은데 눈물이 나서 또 울고, 고개를 숙이고 울고, 고개를 들고 울고, 울고, 울고, 또 울고……

　내 울음이 닿아서, 지금 그리운 사람 가슴에 닿아서, 슬픔과 슬픔이 한데 닿아서, 고통과 고통이 한데 닿아서 마침내 멀리 더 멀리 상처의 흔적이 남지 않는 세월까지 흘러가 닿을 수 있을 때까지 나는 울을 것이고, 또 울을 것이고, 또 울을 것이다. 그러면 어떻게든 내 울음 그치는 나날이 닭장 속에 숨은 달걀알처럼 찾아지기도 하겠지. 내 차지가 되기도 하겠지.

라면 물 올리다가 또 울음이 나서 이렇게 마구 휘갈겨 쓰고 나니 또 더 많이 서럽게도 울고 싶은 나날이 하느님 나이만큼이나 펼쳐져있다. 운명이다. 시바,

봄이 온다

잘 아는 보살님께서 입춘에 붙이라고 하나 주셔서 며칠 책상 위에 묵혀두었다가 오늘 아침 뚜앙 현관에 붙였다. 바야흐로 '입춘대길'! 그런데 붙여놓고서 보니까 어허라~? 스펠링이 틀렸다. 立春大吉이어야 할 것이 入春大吉이 아닌가.

나 같은 폐인에겐 봄조차 틀린 걸음으로 오는 건가 싶어 그냥 떼어버릴까 하다가 뭐 어차피 서나 드나 봄만 오면 그만이지 싶어서 그냥 내버려두기로 했다. 엎어지나 넘어지나 자빠지나 쓰러지나 외로우나 슬프나 서러우나 괴로우나 살아만 있으면 반드시 봄이 온다. 살아만 있으면 봄이 온다. 아아, 시바! 조낸 시바!

이만하면

언제가 나는 페북에서 이런 글을 읽은 적이 있다.

진정한 부자는 가진 게 많은 사람이 아니라 필요한 게 적은 사람이다.

꽤 통쾌한 직관이어서 지금껏 기억하고 있는 말인데 평소엔 늘 잊고 산다. 불필요하게도, 필요한 것들만 점점 더 늘어간다. 점점 더 빈곤해지고 있다는 뜻이다.

"이만하면 됐지!" "이만하면 괜찮아!" "이만해도 고맙지!" …… 이런 말들은 사실 전무후무한 항암 만트라인데도 늘 잊고 산다. 필요한 것을 적게 하자. 탐욕의 범람만큼 천박하고 추한 게 또 없다. 역시 몸이 아프면 사람이 겸손해진다. 시바, 이만해도 참 다행이다.

눈물의 길

나이가 들수록 눈물이 많아지는 것은 마음이 약해져서
도 늙는 게 서러워서도 아니다. 생애에 한번 생겨난 슬픔과
상처는 사라지는 것이 아니어서 사람의 몸 안에 차곡차곡
쌓이는 것인데, 몸 안에 강물처럼 고이는 것인데, 어느 날 그
것들이 가슴의 수위를 넘어서면, 그때부터 세상의 사소한
슬픔과 상처가 와 닿기만 해도 눈물이 못 참고 범람하고야
마는 것이다. 응앙응앙 울면서 몸 밖에 눈물의 길을 내고야
마는 것이다.

그러니 이놈들아, 나 운다고 비웃지 마라. 내가 세상에 와
서 벌어둔 것이라곤 오직 슬픔과 상처뿐인데, 거기에 날마
다 눈물 보태는 세상이 더 야속하지 않으냐. 더 자비 없지
않으냐.

나는 하도 울면서 라면을 먹었더니 몸 안에 그 흔한 나트
륨도 안 남았다. 시바,

카레를 만들어 먹었다

　어제저녁엔 공친 토요일을 기념하는 뜻에서 토마토를 마구 넣고 카레를 만들었다. 색깔이 붉은 것은 토마토가 잘 녹아난 탓이다. 여러 가지 재료들을 볶아야 했으므로 가스레인지 근처를 많이 더럽혔다. 뭐든 제자리에 있지 않으면 곧 뭔가를 더럽힌다. 세상이 더럽다고 느껴지는 것은, 제자리를 벗어난 것들이 세상에 범람하는 탓이다. 나도 때로는 제자리를 벗어나 술집 아닌 곳에 머물 때가 있다. 이럴 때 어쩌면 나는 세상을 조금 더럽힐지도 모른다는 강박에 곧 시달리게 되어서 얼른 나를 데리고 술집으로 가게 된다.

　카레를 맹그는 사이에 몇 통의 전화와 문자를 받았다. 얼른 다 때려치우고 술집으로 나오라는 압력! 하지만 나는 하루를 온전히 공치기로 결심했으므로 눈물을 머금고 카레라이스와 몸을 섞었다. 우울과 피로가 나보다 클 땐 인도산 강황가루를 과하게 넣은 카레가 명약일 수 있는 것이다. 그리고 또 나는 공친 토요일을 기념하는 뜻에서, 쓰다가 잊은 시를 한 편 찾아내 용케도 그것을 완성해내었다. 제목이 선뜻 오지 않는 것은 이제 나의 시인이 낡았다는 뜻.

비가 조금 말을 멈추면 어머니 계신 암자에 댕겨와야겠다. 어머니는 이번 여름에 비를 너무 많이 맞으신다.

저런 하늘

괜한 탈진 상태로 누워있다가 들비와 함께 늘 앉던 벤치
에 나와 앉았다.

늘 앉던 벤치인데 여기에 저런 하늘이 있는 줄 몰랐네. 구
름 참 좋다. 나도 어서 좋아져야지.

하늘과 메타세쿼이아나무들은 그새 생애의 무게를 많이
도 덜어내었고나. 나도 어서 헐겁고 사소해져야지. 오늘은
돌아가서 내가 내 머리카락을 잘 씻겨주어야겠다. 이만하면
많이 헝클어졌다.

이런 초대

 지친다. 나도 이젠 저자의 시끌거리는 술집 말고, 영혼이 담백한 사람에게 우아하고 고매한 초대를 좀 받았으면 좋겠다. 오늘 아침 뜨락에 푸성귀들이 제법 자랐길래 흐뭇하였는데 마침 돼지 한 마리가 일없이 지나가길래 문득 잡았으니 그 염통 식기 전에 자시러 오소……. 뭐 이런 초대.

이런 풍경

내가 죽으면 이런 풍경이 올까. 아무도 오지 않는 장례식 장에서 오래오래 술을 마셨다.

어차피 문학은

시인 김모정수 형이 초대한 자리에 가서 문학 강연을 했는데 독자가 두 분 오셨다. 한 분은 지나가다 들어오신 페친이었고, 또 한 분은 내가 얼어 죽을까 걱정돼서 오신 시인 손종수 형이었다. 우리는 그래서 넷이서 즐겁게 문학을 이야기하며 웃었다. 절대로 억지로 웃는 것은 아니었다. 문학은 어차피 짝사랑이여. 내가 죽도록 매달려도 문학은 절대로 안 죽는다니까? 시바! 이래가며. 시바,

문을 닫았다

18년간 댕기던 미장원이 문을 닫았다. 예루살렘 성지 순
례 갔다가도 일요일이 닥치자 약 기운 떨어진 뽕쟁이처럼 급
거 귀국해 구로동 교회로 달려가 통성으로 회개하던 옛날
애인처럼, 나 또한 18년간 오직 한 미장원만을 섬기고 신봉
하였다. 내 헤어스타일이 하루도 변함없이 70년대를 펄럭이
며 충청북도 중원군 엄정면 토산리 부락 자전거포 아저씨
스타일을 유지할 수 있었던 것도 다 그 미장원에서 은혜받
고 구원받은 덕분이었다.

시바, 그랬었는데, 내게 아무런 기별도 통보도 없이 별안
간, 느닷없이, 바야흐로, 마침내, 오죽하면, 하루아침에, 싸
늘히도 조낸, 문을 닫아버린 것이다. 아아, 시바!

아아, 시바! 이제 나는 이 엄동설한에 어느 가위 아래로
가서 나의 이 거룩하고도 순결한 생존의 흔적을 회개하여
야 하나. 빈모와 탈모의 이정표 사이에서 구원의 역사가 임

하옵기를 간구하여야 하나. 어떤 어리고 비스듬한 손길 아래 내 백발의 죄 사함을 빌어야 하나. 추위는 골고다 언덕처럼 가파르고, 미장원 잃은 내 머리카락은 가시 면류관처럼 무겁고 쓰라리누나. 아아, 시바!

객지에서

    빗물에 불어터진 모닝우동 한 그릇 먹고 다시 빗물 속으로. 술도 안 깼는데 제법 멀리 왔고나. 객지는 과연 춥다.

객지에서 2

길 끊긴 객지에서 오지 않는 버스를 기다리는 일은 따스했습니다. 그냥 이곳에 폭 갇혀서 봄이 오든 그대가 오든 이별이 오든 종말이 오든, 무엇이든 올 때까지 기다리면 될 일이었습니다. 그러나 무엇보다 먼저 저녁이 왔고, 저는 객지의 여인숙에서 사나흘 수취인불명의 소포 같은 잠을 잤습니다.

상처받지 않는 방법

안경 잃어버리고 나니까 급우울해져서 이틀을 또 맹숭맹숭 앓았다. 아무것도 하고 싶지가 않다. 요 몇년 새 잃어버린 안경만 10여 개를 헤아리게 된다. 하필이면 아끼는 것들만 잘도 잃어버린다. 안 아끼는 것들은 잘 안 잃어버린다. 안 아끼는 것들은 몸 가까이 지니고 다니지 않으니까.

사람 관계도 그러할까. 아끼는 사람은 자주 잃게 되고, 안 아끼는 사람은 그저 그런대로 무심하게 세월을 함께 건너 가게 되는 걸까. 그래서 어느 날 돌아보면 어떠한 집착도 애 착도 없었던 사람들이 더 따스하고 미덥게 느껴지는 그런 거…….

아끼는 물건을 만들지 않을 일이다. 아끼는 사람도 만들 지 않을 일이다. 그냥 세상 만물과 생명들에게 큰 집착과 애 착을 가지지 않는 일, 담담하게 제자리를 그저 바라봐주는 일……. 상처받지 않는 방법 아니고 무엇이리. 아, 그나저나 안경을 잃어버렸으니 이제 나는 무슨 대안의 눈으로 세계를 바라볼 수 있으리. 길에서 수지와 한효주와 제시카를 만난들 어찌 알아볼 수 있으리. 아아, 조낸 시바에 극한 월요일 오후가 아니고 무엇이리!

다만 상처로 반짝인다

　이상하다. 사랑이 한 개도 안 아프다. 다만 지나간 이별들
만 상처의 음성으로 반짝반짝 몸을 빛낸다. 나, 어디쯤 망가
지고 얼마쯤 훼손된 것일까. 10월을 건너가는 나무에 기대
어서 조금 울었다.

함부로 사랑에 속아주는 버릇

초판 1쇄 2018년 5월 30일
초판 3쇄 2021년 8월 20일

지은이 | 류근
펴낸이 | 송영석

주간 | 이혜진
기획편집 | 박신애 · 최예은 · 조아혜
외서기획편집 | 정혜경 · 송하린 · 양한나
디자인 | 박윤정 · 기경란
마케팅 | 이종우 · 김유종 · 한승민
관리 | 송우석 · 황규성 · 전지연 · 채경민

펴낸곳 | (株)해냄출판사
등록번호 | 제10-229호
등록일자 | 1988년 5월 11일(설립일자 | 1983년 6월 24일)

04042 서울시 마포구 잔다리로 30 해냄빌딩 5·6층
대표전화 | 326-1600 **팩스** | 326-1624
홈페이지 | www.hainaim.com

ISBN 978-89-6574-655-3